Vom Mut des Drachentötens

Claudia J. Schulze

Lektorat: Matthias Ziebarth, Frankfurt am Main
Bild Mike Crawley U.S.A,
© Claudia J. Schulze
Herstellung und Verlag:
BoD Books on Demand Norderstedt
ISBN: 9783839170724

„Ein Drache kann ständig seine Gestalt verändern.
Ein Herrscher über Menschen hat sehr viel Ähnlichkeit
mit dem Drachen, auch er hat gesträubte Schuppen
und ein Mensch, der sich von ihm fernzuhalten weiß,
wird nicht übel verfahren."

(Han Fei)

Prolog

Das worauf es am Ende vom Ende vom Ende vom Ende dann ankommt, wie Jakob sagen würde, ist viel leichter zu finden als man denkt.

Jakob war der erste Mensch, den ich an der Uni kennen lernte. An seinem langen, hellen Haar über den beinahe nassdunklen Augen, so wie Erde nach einem heftigen Regen aussah, konnte man nicht vorbeischauen. Wir redeten nur kurz, denn ich wollte viel lieber in meinem Universitätsführer lesen.

Drei Meter weiter am schwarzen Brett sprach er mich wieder an. Diesmal kehrte ich nicht zu meiner Lektüre zurück. Er studierte Philosophie aus einer geradezu unergründlichen Leidenschaft heraus, was er mir stundenlang in aller Ausführlichkeit bei einigen Bechern Kaffee erläutert hatte. Obwohl er dabei viel lachte, war er mir gleich sympathisch gewesen. Von seiner Familie wollte er mir nichts erzählen. Nur, dass er aus dem Teil Deutschlands kam der unter das Gebiet der ehemaligen DDR gefallen war verriet er mir. Jakob sah nicht glücklich aus als er davon sprach. Wie ich befand auch er sich auf der Flucht, da konnte er mir nichts vormachen. Deshalb war er der Erste, dem ich noch am gleichen Abend im

Wohnheim ungefähr acht Mal „*The sound of silence*" vorgespielt habe. Wir sprachen darüber, dass die meisten Menschen nicht tatsächlich miteinander sprechen. Auch darüber, dass sie nicht richtig hinhören und ebenso wenig richtig hinsehen. Jakob sagte mir zudem, dass es ihm so vorkomme, als würde letztlich jeder, wirklich jeder Mensch für sich alleine leben. Trotzdem lächelte er. Ich dachte dabei an einen Riss, der mitten durch den Menschen hindurch und mitten durch die Menschheit ging und ich verstand, was er meinte. Er begriff wiederum die Gefahr, die davon ausging. Wenn man die Einheit durchreißt, hat man die Macht, die Glieder nach eigenem Belieben neu zu ordnen. Das war mir früher tatsächlich schon häufiger in den Sinn gekommen.

Ein Herrscher über die Menschen könnte sich dies zunutze machen. Er könnte nicht nur – mit Sicherheit würde er es tun. Und ich bin heute noch davon überzeugt, dass damit jegliches Unglück seinen Lauf nimmt. Jakob stimmte mir immerhin uneingeschränkt zu. Immer noch leicht lächelnd. Und wir hörten „*The sound of silence*" noch einmal. Seine Augen waren so warm wie seine Stimme und ich mochte die zuverlässige, weiche Form seiner Hände. Ob das genug ist?

Vielleicht ist das gar nicht so wichtig.

Wesentlicher ist der Beginn als solcher. Und es war nicht zu leugnen:

Das war der Beginn meines neuen Lebens, das gute Ende vom nicht so guten Anfang.

Kapitel 1

Mein Name ist Hannah Weiß. Ich komme aus der tiefsten Schweiz, und meine Familie beschwert sich oft und gern über meinen mangelnden Humor. Als wäre ich zu einem solchen verpflichtet. Was sollte das überhaupt bedeuten?

Möglicherweise wussten das meine Eltern aber selbst nicht. Ihre fast greifbare Ratlosigkeit im Umgang mit mir war schwer zu übersehen.

Als Kind wurde ich sogar regelmäßig zu einem Psychologen und zu einem Kräuterheiler nach St. Gallen geschickt. Die konnten aber auch nichts ausrichten. Da ich seinen Theorien widersprach durfte ich im Alter von 12 nicht mehr zu ihm kommen, was mich aber nicht besonders belastete. Niemand aus meiner gesamten Familie hat Deutschland jemals wieder betreten, seit meine

Urgroßeltern, seit Martha und Johann Weiß, in diesem Land ermordet wurden.

Aber es gibt, irgendwo im unheimlichen Süden dieses Landes, noch das feinste Feiertags-Porzellan meiner Urgroßeltern. Eine Nachbarin hatte es damals für sie aufgehoben.

Wir haben es nie abgeholt, denn meine Familie hat sich geschworen, den Boden dieses Landes niemals wieder zu betreten.

Sie reden auch nicht über das, was war. Beinahe alles, was ich über den Holocaust weiß, habe ich mir aus Büchern und Filmen angeeignet.

Das Tagebuch der Anne Frank und andere dieser historischen Dokumente habe ich für eine Weile ununterbrochen gelesen. Immer wieder von vorne. Gesprochen habe ich darüber nicht, nicht mehr.

Das Gesicht meines Vaters sieht nämlich immer noch ein wenig müder aus als sonst, wenn ich ihn danach fragte. Todmüde trifft es am besten.

Seine Bewegungen sind oft langsam, und seine Stimme ist leise. Fast würde ich sagen, dass auch sein Humor etwas zu wünschen übrig lässt, im alltäglichen Leben meine ich.

Aber das würde er nie zugeben. Meist wirkt er einfach nur erschöpft.

Manchmal redet er über ihn, über den Welt-untergang. Als er noch jung war, hat ihm ein alter Mann aus dem Ort davon erzählt, während er vor dem Eingangsportal des Rathauses mit seinen Freunden herumsaß. Nach seiner Interpretation der Bibel wird sich sodann die Sonne verfinstern, der Mond wird sich blutrot färben und die Sterne werden vom Himmel fallen, so hat es der alte Mann meinem Vater offenbart. Als Kind habe ich nachts oft geschaut, ob der Mond noch weiß war. Manchmal sah es so aus, als seien die Sterne allesamt schon vom Himmel gefallen.

Seit dieser Zeit habe ich einen schlechten Schlaf.

Das Gute daran ist, dass ich mich dadurch immer genau an meine Träume erinnern kann. Auch wenn viele dieser Träume schrecklich sind.

Ich weiß nicht, warum das so ist. Aber ich träume von Deportationen, von Gaskammern und von Sternen, die vom Himmel fallen. Meine alte Tante Lilli wundert sich, dass ausgerechnet ich, die junge Generation, so gar nicht über den Holocaust hinwegkomme.

Vielleicht komme ich deswegen nicht darüber hinweg, weil meine Eltern alles totschweigen wollen oder *müssen*. Manchmal kann man es anders vielleicht auch nicht ertragen. Etwas in mir sträubt sich trotzdem und überaus mächtig gegen dieses Totschweigen- wollen oder – *müssen* meiner Eltern. Stille kann so sehr schmerzen. Ich weiß, dass ich mehr auf die Gegenwart bezogen sein sollte.

Und auf die Zukunft. Aber ich kann es nicht. Nicht ohne die Vergangenheit.

Und ich bin mir sicher, dass sich meine Tante Lilli auch nicht wirklich darüber wundert. Sie möchte eben nur, dass ich glücklich bin, und es ist ihre Art mir das mitzuteilen.

Aber ich kann nicht einfach schweigend, andere und mich selbst täuschend in ein nicht in mir vorhandenes Glück eintauchen. Nicht einmal in das Leben. Das Leben, es ist so merkwürdig weit von mir entfernt. Ich kann nicht einfach heucheln und vorgeben, im Ansatz – oder darüber hinaus glücklich zu sein, denn ich träume von Menschen denen man Unbeschreibliches angetan hat und ich träume vom unaufhaltsamen Anwachsen der Unmenschlichkeit und des Vergessens. Und es gibt nichts, was mich in solchen Nächten trösten könnte. Nicht einmal mein größtes Vorbild. Sein Name war Janusz Korczak, sein Beruf war der eines Arztes und Schriftstellers. Obgleich ihm damals in Polen ein unaufhaltsamer, mit Sicherheit steiler akademischer Aufstieg bevorstand, wählte er sich einen vollkommen anderen, einen entgegengesetzten Weg. Er wollte nämlich viel lieber den Armen und Waisen in den Elendsvierteln Warschaus helfen. Das tat er dann auch mit ganzem Herzen. Janusz Korczak selbst litt viele Jahre seines Lebens unter der tückischen Krankheit übermäßiger Traurigkeit.

Aber er war kämpferisch genug, um sich von dieser nicht besiegen zu lassen. Er kämpfte den Kampf den so viele vor ihm und so viele nach ihm verloren. Denn übermäßige Traurigkeit ist, das habe ich bereits erfahren, die stärkste Gegnerin überhaupt. Sie höhlt einen von innen heraus aus und macht einen brüchig, so dass jede Erschütterung die Gefahr des Zerbrechens erhöht. Gegen sie zu verlieren ist keine Schande. Doch Korczak verlor selbst gegen sie nicht. Er ließ sich einfach nicht besiegen.

Auch nicht von den Nazis. Korczak hatte einen geradezu unbezwingbaren Geist.

Seine Stärke schien mir dabei immer übermenschlich zu sein. So als widerspräche er den Gesetzen
der Physik indem er, wenngleich durchzogen von brü-
chigen Linien wie grob erschüttertes Porzellan, er sich
einfach strikt und tapfer weigerte sein doch so
augenscheinliches Zerbrochen-Sein zu akzeptieren
und dadurch wie ein Unzerbrochener, ein unbe-
zweifelt Unbesiegter mit den Kindern in den Tod zu
gehen. Ich denke, dass es sein Gewissen war,
seine moralische Stärke, die ihm diese große, eine
sehr große Kraft verlieh. Insofern war sie
menschlich. Nur eben, in einer Zeit ohne Gewissen
musste sie kontrastierend einfach schon beinahe
übermenschlich, heroisch erscheinen. Anders kann
man es, in der Tat, kaum deuten. Direkt nach dem
Kriegs-ausbruch 1939 zog er seine polnische
Offiziers-uniform wieder an und demonstrierte auf
diese Weise deutlich seine ganze, seine
uneingeschränkte Loyalität mit dem polnischen Volk.
Als das Ghetto errichtet wurde, musste das jüdische Waisenhaus ebenfalls in ein Haus innerhalb
der Ghetto-Mauern ziehen. Dort lebten Korczak und
die Kinder. Sie lebten dort bis die Nazis am 22. Juli
1942 mit der Massentötung der Bevölkerung des
Warschauer Ghettos durch die Deportationen nach

Treblinka begannen. Am Mittwoch, dem fünften August 1942, war das bisher gerade noch verschont gebliebene Waisenhaus Korczaks an der Reihe. Korczak selbst hatte wiederholt die Möglichkeit gehabt, sein eigenes Leben zu retten. Aber alle diesbezüglichen Vorschläge lehnte er empört ab. Er hätte eine solche Tat wohl als Verrat an den Kindern und an seiner Aufgabe, an seinem Gewissen betrachtet. Und ich denke, dass er, als ethisch hochstehender Mensch der er war, er einfach so handeln musste. Ein immer wiederkehrender Alptraum von mir ist die Deportation von Korczak und den Kindern. Ich hatte darüber gelesen. Danach war es mir ganz unmöglich, es zu vergessen. *„Alle raus!"*, brüllten die SS-Männer und umstellten dabei das Waisenhaus. Die Kinder kamen die Treppe herab und stellen sich in Viererreihen auf. Janusz Korczak verließ als Letzter mit einem Kind auf dem Arm das Haus. Die Kinder nahmen sich an der Hand. Korczak ging an der Spitze. Die Menge wich, so habe ich es gelesen, vor Korzcak, dem *„König der Kinder"* und den hinter ihm gehenden 200 Waisen zurück. Eine lange Zeit brauchten sie bis ans andere Ende des Ghettos. Hier wartete bereits der Todeszug nach Treblinka. Mein Traum endet immer an dieser Stelle, immer wieder schrecke ich in dem Augenblick auf, in dem der Zug das Ghetto verlässt. Und ich bin erleichtert, dass es hier abbricht. Obgleich ich auch davon träume. Nur wenigstens nicht im Zusammenhang mit Korzcaks Kindern. Bis in den August 1943 hinein sterben in Treblinka 870.000 Menschen. Es gibt heute nur ein einziges Grabmal mit einem Namen darauf: *„Janusz Korczak und seine Kinder".*

Kapitel 2

Mein Vater Nathanael ist, soviel kann ich über ihn sagen, absolut kein glücklicher Mensch und dennoch versucht er es zu sein. Deswegen wohl spricht er nicht darüber wie er seine Großeltern verlor. Mein Vater liebte sie sehr, soviel weiß ich immerhin von meiner Großtante Lilli. Er hing wahrscheinlich auch besonders deswegen an ihnen, weil er ist bei ihnen aufwuchs bis er zehn Jahre alt war. Seine eigene Mutter, Elsa Maria Weiß, eine ehemals durchaus recht begeisterte Kunst- und Deutschlehrerin, war kurz nach seiner Geburt, etwa um 1935, nach Palästina gegangen. Der Vater ihres Kindes war nicht ihr Mann, und er wollte es auch nicht werden. Immerhin hatte er bereits eine Familie. Somit blieb Elsa allein. Sie wollte meinen Vater ursprünglich sofort nach Palästina nachholen, wahrscheinlich hat sie sich sehr nach ihm gesehnt. Doch daraus ist nie etwas geworden. Kurz nach ihrer Ankunft wurde ein durch einen Virus hervorgerufenes Herzleiden bei ihr entdeckt, und sie war seither, für den Rest ihres Lebens, in ständiger ärztlicher Behandlung. Man hatte ihr offenbar sehr dringend von jeglicher Aufregung abgeraten. Ich glaube, sie hätte meinen Vater, ihren Sohn, nach all der kriegerischen Zeit als eine medizinisch kaum vertretbare Aufregung empfunden. Doch das, da bin ich mir sicher, basierte auf ihren eigenen Lebenserfahrungen und es wäre vermutlich nicht richtig, sich ein diesbezügliches Urteil über sie anzumaßen. Nach der Deportation seiner Großeltern, meiner Ur-Großeltern, im Jahr 1944 lebte mein Vater daher bei der älteren Schwester seiner Mutter, bei Tante Lilli, die als leitende Bibliothekarin in Basel arbeitete und über die Mittel verfügte meinen Vater bei sich aufzunehmen. Nur durch die von Tante Lilli eingeleitete, komplizierte Flucht, konnte mein damals zehnjähriger Vater in die Schweiz gebracht werden. Sie selbst hatte ihn damals, unter größter

Lebensgefahr und höchstpersönlich aus dem Land gebracht. Sonst hätte er wohl das unsägliche Schicksal seiner Großeltern geteilt. Auch nach dem Tod seiner Großeltern im Winter 1945 blieb er bei Tante Lilli. Selbst als er schon längst die Literatur studierte, wohnten er und Tante Lilli noch immer beieinander. Sie hat nie geheiratet. Angeblich fehlte ihr hierzu der Mut, was ich in Anbetracht ihrer damaligen Tapferkeit im Zusammenhang mit der Rettung meines damals gänzlich verlorenen Vaters kaum zu glauben wage. Andererseits mag es, das erscheint mir zumindest äußerst naheliegend zu sein, doch recht unterschiedliche Formen des Muts geben. Oder aber vielleicht erschien ihr das auch als ein kleineres Übel, das mit dem Alleinsein.

Und streng genommen war sie ja auch nie wirklich allein. Wo sie war konnte mein Vater nie besonders weit sein. Später hatte mein Vater ab und zu Kontakt mit seiner leiblichen Mutter Elsa, aber das blieb nebensächlich. Lilli war nun seine Mutter, und Lilli wurde zu der Frau, die ich Oma nannte. Meine Oma, die mir so viele Bücher schenkte, dass mein Regal nicht mehr ausreichte. Unter meinem Bett hatte ich daher eigens eine riesige, ausgesucht feine Bücherreserve angelegt. Es blieb kein bisschen Platz frei, so eng stapelte ich die

Bücher unter meinem Bett. Das Gute daran wiederum war, dass ich seither vor dem Zubettgehen nicht mehr, wie sonst, minutenlang und regelmäßíg nach Gespenstern suchte. Vor der Sache mit den Büchern hatte ich diese nämlich immer unter meinem Bett vermutet. Und die Bücher hatten sie nun einfach vertrieben. Ich denke mal, dass das nicht nur wegen des mangelnden Platzes war.

Bücher sind nämlich immer stärker als Gespenster. Das ist sozusagen ein Gesetz.

Kapitel 3

Als meine Großmutter Elsa 1975 nach einer ihrer zahlreichen Operationen innerhalb nur weniger Sekunden an plötzlichem Herzversagen starb, flog mein Vater zusammen mit Tante Lilli zu ihrer Beisetzung nach Israel. Während der traditionellen, ausgiebigen Trauerfeierlichkeiten lernte er ausgerechnet dort seine spätere Frau, meine Mutter Yael, kennen.

Sie war die Tochter von Elsas bester Freundin, Natalia, und 20 Jahre jünger als er.

Außerdem wollte sie, im Gegensatz zu ihm, gerne Kinder haben und sogar heiraten. Meine Mutter ist wohl das was man *charmant* nennt. Dabei hätte sie nicht einmal das bei ihrem Aussehen nötig gehabt. Sie ist Fotografin und arbeitete für einige Zeitungen in Israel, in Frankreich, Island, Holland und Großbritannien.

Sicherlich hatte sie zahlreiche Verehrer.

Warum sie sich einen so alten und traurigen Mann wie meinen Vater ausgesucht hat, kann ich nicht sagen. Möglicherweise hing das aber damit zusammen, dass sie ihren eigenen Vater früh, während des 6-Tage-Krieges, verloren hat. Oder damit, dass mein Vater so klug und weise aus-sieht, und vielleicht auch, weil er so wundervoll lächelt wenn er liest.

Er ist Lektor und liest für einen Verlag die Manuskripte und Entwürfe von noch unbekannten Autoren. Es kann aber auch sein, dass genau das meiner Mutter gefällt, denn sie liest ebenso gern.

Vielleicht ist das das ganze, recht banale und gänzlich unspektakuläre Geheimnis ihrer Ehe, unserer Familie.

Das allein zumindest verbindet uns nämlich alle. Wenn ich lese beginne ich mich verändert und leichter zu fühlen, manchmal auch schwerer.

Doch ich fühle mich selbst besser wenn ich lese.

Meine Mutter ist, im Gegensatz zu meinem Vater und mir, ein zuverlässig fröhlicher Mensch. Vielleicht ist das ihre Form von Widerstand. Sie behauptet manchmal, wobei sie sich auf Albert Camus beruft, dass wir uns Sisyphos als einen glücklichen Menschen vorstellen müssten. Was auch immer sie damit meint. Mir persönlich ist das zu theoretisch. Wenn sie lacht, zieht sie alles mit sich. Beinahe alles.

Bei mir versagt ihre Zugkraft jedoch. Und auch mein Vater gibt auf halber Strecke auf. Die Familie meiner Mutter kommt aus Berlin. Sie war während des Zweiten Weltkriegs, gerade noch rechtzeitig, über Dörfer in Süddeutschland und die Schweiz nach Frankreich geflohen. Später gingen sie nach Israel. Mit der neuen Sprache kamen sie nie zurecht. Nur meine Mutter natürlich. Wie könnte es auch anders sein. Meine Eltern heirateten noch 1975, doch sollte es einige weitere Jahre dauern, bis meine Mutter meinen Vater von mir überzeugen konnte. Das war ein schwieriges Unterfangen. Mein Vater hält die Welt für schlecht, und er hält sie vor allem nicht für den richtigen Ort für Kinder.

Meine Mutter war da anderer Meinung. Wieder einmal. Es wundert mich nicht.

Bei ihrer Unerschrockenheit konnte es wohl gar nicht anders sein. Meine resolute Großmutter Natalia unterstützte sie dabei moralisch, sowohl aus der Ferne als auch aus nächster Nähe während ihrer zahlreichen Besuche in Basel. Sie redete wohl ständig auf meinen Vater ein - bis zu ihrem Tod im Jahr 1981. Mein Vater hörte schließlich auf sie, denn sie war ja immerhin die beste Freundin seiner Mutter Elsa gewesen, und zudem dachte er wohl, dass er dann, durch den Akt des Nachgebens seine geliebte Ruhe wiedergewonnen hätte. Und somit hatte Großmutter Natalia tatsächlich einen gewissen Einfluss, den sie auszuspielen wusste.

1983 wurde ich dann geboren, und wir zogen von Basel weg. Meine Mutter glaubt noch heute, dass ich meine Existenz lediglich den außerordentlich überzeugenden und wohl auch ganz besonders zähen Überredungkünsten meiner Großmutter Natalia zu verdanken hätte. Und mein Vater widerspricht ihr aus Prinzip nicht. Daher erhielt ich im Jahr 1983 den Namen *Hannah Natalia Martha* Weiß. Aus irgendeinem Grund hatten sie Elsa Maria an dieser Stelle übergangen. Vielleicht hatten sie befürchtet, dass sich ihr Herzleiden dann auch auf mich übertragen könnte. In gewisser Weise hat es das, trotz aller Vorsichtsmaßnahmen, schließlich getan. Denn das Herz blieb mein Thema. Es bringt wohl nichts ein Ding zu verleugnen. Doch das ist es was in meiner Familie passiert.

Unfassbar ist es was meinen Großeltern und so vielen anderen in Nazi-Deutschland widerfuhr. So unfassbar, dass ein Teil von mir versteht, dass das Schweigen darüber eine Option zu werden scheint. Und auch, dass Leugnen und Schweigen auch auf andere Bereiche des Lebens übergreifen kann. So wie bei Elsa. Und so wie bei meinem Herzen.

Einmal habe ich gelesen, dass Bildung dazu diene, das verloren gegangene Herz wieder zu finden. Ob das etwas nützt? Egal. Ich muss einfach daran glauben. Wenigstens etwas, das man wieder-finden könnte. Das, was ich verloren habe wieder-um ist etwas, das ich wohl nicht mehr wieder-finden werde. Ich weiß nicht warum, aber mir scheint es so, als sei es fort. Es ist mit meinem kleinen Bruder Eli fort gegangen, der vor vier Jahren bei einem Unfall starb.

Eli war kurz vor meinem Geburtstag mit seinem Rad direkt vor einen Lastwagen gefahren und bis heute glaube ich, dass das kein Unfall war. Ich glaube, dass Eli nicht mehr leben wollte.

Aber ich habe mich niemals getraut, dies aus-zusprechen. Nach seinem Tod habe ich in seinem Zimmer ein Bild gefunden, auf dem er diesen Unfall gemalt hatte - einen Jungen auf einem Rad, der vor einen Lastwagen fuhr. Um Eli zu beschützen habe ich das Bild zerstört. Ich wollte Eli beschützen, aber auch meine Familie. Und mich selbst. Elis Geburt fiel auf das Jahr und den Monat genau hundert Jahre nach der Geburt meiner Urgroßmutter Martha in Oberschwaben. Ich habe das immer für einen schönen, für einen besonderen Zufall gehalten. So als würde E-lis Dasein an sie erinnern wollen. Als er nicht mehr bei uns war, erinnerte er dennoch an sie- und sie an ihn.

Die erklärten Lieblingsblumen meiner Urgroßmutter Martha waren, neben dem Wintergrün, Veilchen, Lilien und auch Mohnblumen, zudem war sie, ebenso wie mein Urgroßvater Johann, geradezu ver-narrt in jede Form von Musik, vor allem Josephine Baker stand bei ihnen ganz oben.

Mehr weiß ich nicht über meine Familie. Ich kenne all die Namen und die Namen sind gleichzeitig alles, das Wurzel sein könnte. Über mehr weigern sich meine Eltern nämlich zu sprechen. Sie möchten vieles ganz unberührt lassen. Und sie wollten Eidgenossen, echte, bodenständige, unauffällige und angepasste Schweizer werden. Ohne jüdischen Hintergrund. Warum auch immer. Die Namen sind also alles, das Wurzel sein könnte. Doch wenigstens diese sind uns geblieben.

Kurz nach Elis Tod fand ich im Arbeitszimmer meines Vaters ein Manuskript, das sich durch eine Zeichnung auf der Titelseite von den anderen abhob. Heimlich habe ich darin gelesen. Vielleicht hätte ich es auch ganz offen lesen, und darüber sprechen dürfen. Mein Vater sprach nämlich gern über die Texte anderer - im Gegensatz zu seinen eigenen Texten, zu seinen eigenen Geschichten. Doch schien es mir passender zu sein, speziell dieses Manuskript in aller Heimlichkeit und nur für mich alleine zu lesen. Genau kann ich mich nicht mehr daran erinnern, um was es ging.

Nur, dass es die Lebensgeschichte einer Art Widerstandskämpferin - in einem übertragenen Sinn- und zugleich die einer deutschen Philosophiestudentin war. Ihr Name war Daniela. Ich dachte an Daniel in der Löwengrube und ihr Name erschien mir durchaus passend zu sein. In ihrem ausführlichen Manuskript stand auch etwas von der schwierigen Kunst des Drachentötens. Das zog mich in einen Bann. Ich spürte, dass es mit mir zu tun hatte. Und genau zu diesem Zeitpunkt, direkt nach der Lektüre dieses für mich so besonderen, mehr als rätselhaften Manuskriptes, stand mein Entschluss fest, später einmal nach Deutschland zu gehen um dort Philosophie zu studieren. Es war kein logischer Entschluss. Vielmehr ein Gedanke, der sich wie eine innere Notwendigkeit von diesem Tag an in mir festgesetzt hatte. Die Idee vom Drachentöten hielt mich seither fest umklammert. Eine Weile sprach niemand mehr mit mir, nachdem ich meinen Entschluss verkündet hatte. Mein Vater erschien mit einem Mal als der inkarnierte Vorwurf, er warf mir lange Seitenblicke zu, die nichts Gutes verhießen, und meine Mutter war schnippisch und unnachgiebig. „Dort wirst du erst Recht nichts zum Lachen haben", sagte sie mir noch kurz bevor ich die Schweiz zum Studieren verließ. Und es hallte seither in mir nach. Doch vorher, Den Sommer nach dem Abitur bin ich zuerst noch nach Brasilien geflohen. Dort war es gerade Winter, aber die feuchte Hitze täuschte darüber hinweg. In Salvador da Bahia lernte ich einen schwarzen Maler kennen, Jorge Luis. Jorge Luis war ganz wichtig für mich. Wenn er grinste, legten seine geöffneten Lippen eine Zahnlücke frei. Uns beiden fehlte also etwas. Er war, wie er sagte, auf der Suche nach der *„goldenen Spur"*, nach dem Ewigen. Mit ihm malte ich eine Serie von zwölf Bildern.

Das war, nachdem wir ein schmächtiges Mädchen im Staub der Straße liegen sahen - erschossen. Ihre toten Augen schienen uns mit einem Ausdruck, den ich unmöglich beschreiben kann, anzublicken. Das war meine dritte Begegnung mit dem Tod. Auch nach meiner vorübergehenden Rückkehr in die Schweiz gaben sich meine Eltern schroff und unversöhnlich. Während ich dabei war alles für mein Studium in Deutschland vorzubereiten verschwanden sie über das Wochenende grußlos ins Tessin. Bei ihrer Rückkehr wiederholten sie penetrant, was sie bereits zuvor gesagt hatten. Dass ich nämlich in Deutschland noch weniger zu lachen haben würde als hier, wobei es hier (in der Schweiz) ja wohl auch schon deutlich zu wenig sei. Darauf wusste ich nichts zu sagen, denn was soll man darauf schon antworten.

Kapitel 4

Übrigens stimmt es. Ich lache nur selten. Oft ist mir nicht danach, weil das Glück in mir dazu neigt abzurutschen um in ein flatterndes Loch, einen zitternden Krater in meinem Bauch zu gleiten. In solchen Momenten wünsche ich mir, selbst in diesem Loch verschwinden zu können.

Manchmal denke ich, dass das wohl auch mit der Zaghaftigkeit meiner Zeugung zu tun haben könnte. Vielleicht hat sich das auf mich übertragen. Wahrscheinlich auch auf Eli. Schon als ganz kleiner Junge war er abends zu mir ins Bett geklettert und hatte sich wie ein winziges, gänzlich verschmustes, liebevolles Äffchen an mir festgeklammert. Wie ein besonders anhängliches Äffchen oder wie eine kleine Schnecke, die sich an einen von Meeresbrandung umtosten Stein saugt.

Daran hatte ich mich schnell gewöhnt.

Während der Zeit mit Eli hatte ich den tiefsten, wärmsten und friedlichsten Schlaf. Ein Schlaf vollkommen ungetrübt von der Angst, dass Eli eines Tages nicht mehr da sein könnte. Ein noch geborgener Schlaf mit dem im tiefen Traum an mich geklammerten Eli, noch vollkommen frei von der lähmenden Angst, dass Sterne vom Himmel fallen könnten. Ich friere häufig seit Eli fort ist. Es gibt diese Tage, an denen mir ununterbrochen kalt ist. Ich vermute, dass selbige, eben erwähnte, im Grunde fast schon chronische Abwesenheit meines Lachens die merkwürdige Anziehungkraft ausmacht, die ich auf Jakob ausübe. Er scheint irgendwo für mich mitzulachen – ebenso wie ich mich, auch wiederum stellvertretend für ihn, recht erfolgreich standhaft dagegen sperre.

Eine Art Ausgleich, möglicherweise. Etwas, das auf ganz unerklärliche Weise die Ordnung einfach wiederherstellen könnte, Vielleicht möchte er mich aber auch nur auf seine eigene Art herausfordern oder er glaubt, mich glücklich machen zu können. Als würde so etwas jemals funktionieren. Er weicht mir seit unserer Begegnung am schwarzen Brett nun jedenfalls nicht mehr von der Seite und er kommentiert die ersten Eindrücke meines neuen Lebens so genau wie ein griechischer Chor. Irgendwie ist es ganz nett mal einen Bewunderer zu haben. Außer meiner Cousine Tamar, die allerdings in Paris wohnt, habe ich nämlich keine Freunde. So gerne hätte ich eine echte Freundin gehabt, jemanden der die Dinge empfindet wie ich.

Jemanden der mir wirklich wichtig wäre. Tamar behauptet, dass das an mir läge, da ich alle Menschen vertreiben würde, die versuchten, sich mir zu nähern. Meine alte Großtante Lilli sagt das auch. Nur drückt sie sich anders aus als Tamar. Die alte Lilli behauptet, dass ich überall Scherbenhaufen hinterlassen würde. Ob sie damit Recht haben, kann ich nicht sagen. Ich selbst fühle mich einfach immer so seltsam, so überaus unsicher. Entwurzelt.

Womit genau das zusammenhängt weiß ich nicht. In meinem Schweizer Dorf meiden mich viele, seitdem ich mich als Kind standhaft geweigert hatte Geschenke anzunehmen. Sie verstehen sicherlich nicht, warum ich so werden konnte. Meine Mutter ist nämlich, im Gegensatz zu mir, sozusagen der helle Schein, der Liebling des Dorfes. Die Herzen aller fliegen ihr zu. Und auch Eli hatte sie alle verzaubert. Mir war das nicht gegeben, noch nicht einmal im Ansatz. Ja, es stimmt. Ich neige dazu, andere Menschen vor den Kopf zu stoßen. In mir ist wohl keine Harmonie und ich befürchte, dass ich das nach außen trage. Dabei meine ich es ganz anders. Aber ich bin davon überzeugt, dass ich mich ändern kann. Alles in mir sehnt sich nach Normalität. Ich sehne mich so sehr danach, eine völlig durchschnittliche Studentin zu sein, die einen ganz normalen Freund hat, und die diesen Freund, da sie ja ganz normal ist, nicht wieder würde vertreiben müssen wie all die Freunde vor ihm.

Bei Jakob wäre das, ich habe da so ein Gefühl, wirklich schade.

Und darum beschließe ich, mit ihm gemeinsam die Uni und das so gänzlich neue, fremde Leben zu entdecken.

Kapitel 5

Konstanz gefällt mir gleich, und dass obwohl es ganz eindeutig deutsch ist.

Doch liegt es an der Grenze zur Schweiz, und man hat das schöne Gefühl am Rand zu sein, dort, wo etwas zugleich aufhören und anfangen kann.

Wo man zugleich zurückkehren und weggehen kann. Jakob hält mir einen Vortrag darüber, dass Konstanz durch seine natürliche Grenze, den Bodensee, eine übersichtliche Stadt sei und dass man im schlimmsten Falle einfach nur in der Schweiz landen würde. Von der Schweizer Seite aus gesehen landet man also im schlimmsten Fall in Deutschland. Für meine Familie wäre das wirklich der schlimmste aller möglichen Fälle. Und auch ich habe, trotz meines ersten guten Eindrucks, ein dumpfes Gefühl dabei nun in Deutschland zu sein. Dennoch spüre ich, dass es für mich keinen anderen Weg gibt. Ich muss mich diesem Land stellen.

Dem Land, in welchem meine Urgroßeltern auf eine Art den Tod fanden, die sie selbst wohl niemals auch nur im Ansatz für möglich gehalten hätten.

Und selbst, wenn mir die Deutschen auf den ersten Blick ganz wie die Schweizer zu sein scheinen, so werde ich doch hinter ihre Fassaden aus Normalität und Freundlichkeit schauen. Denn auch wenn der Holocaust Jahrzehnte zurückliegt:

Für mich ist er so seltsam aktuell. Auch beschäftigt mich die Frage, wie ein kultiviertes Volk zu so etwas fähig sein konnte. Wie konnte so etwas geschehen?

Es bleibt mir nichts anderes übrig, als mich der Vergangenheit, der Geschichte zu stellen. Der Geschichte, um endlich in der Gegenwart anzukommen. Und vor allem: um endlich eine Zukunft zu haben. Ich werde sie studieren. Gründlich.

Die Menschen, nicht nur die Philosophie.

Kapitel 6

Das Uni-Leben beginnt bereits am Samstag vor Semesterbeginn, Punkt acht Uhr mit einer Führung durch die Bibliothek, welche von einem älteren Studenten, der sich als „Axel" vorstellte geleitet wurde. Er verweist uns auf eine der vier Grundfragen der Philosophie, nämlich auf die Frage: *„Was darf ich hoffen?"*, um uns dann in sinnvoll aufgebauter Weise zu erläutern, dass im virtuellen, beziehungsweise säkularen Universum der Hochschule die Wissenschaftlichkeit und die Wissenschaft zur Religion erhoben wurden. Und, dass der Tempel aller Wissenschaft die Bibliothek sei, mit den Büchern als ihren Ikonen. Er erklärt uns außerdem, dass ihre Priester die Dozenten und die Hohepriester die Professoren seien, wobei die Studenten beziehungsweise Studentinnen die Schar der Gläubigen stellen würden und die Tempel-wächter heutzutage nur noch *„Bibliothekare"* genannt würden. *„Initiationsriten sind hierbei Zwischenprüfungen, Examina, Dissertation und Habilitation."* Jemand hustet. *„Heiliggesprochen wird man immer honoris causa und oft postmortem."* lässt uns Axel wissen. Eine lockige Studentin findet Axels Einführung unsachlich und äußert das gereizt. Axel räuspert sich,

31

fährt dann aber fort, indem er gleichzeitig mit einer geschickten, äußerst schnellen Drehung seines Kopfes vermeidet, sie anzusehen. Immerhin bezieht er sich jetzt wesentlich direkter auf die Bibliothek. *„Alles menschliche Wissen kommt aus der Bibliothek. Die Bibliothek existiert ab aeterno.*

An dieser Wahrheit, aus der unmittelbar die künftige Ewigkeit der Welt folgt, kann kein denkender Verstand zweifeln.“ Er kratzt sich mit bedeutungsschwangerer Miene am Kinn. *„Der Mensch, als unvollkommenes Wesen, mag durchaus vom Zufall oder gar von böswilligen Dämonen bewirkt sein; das Universum, so elegant ausgestattet mit Regalen, mit rätselhaften Bänden, mit schier unerschöpflichen, meisterhaften Treppen für den Umherwandernden und mit kleinen, filigranen Tischchen für die sitzenden Studenten, kann nur durch einen Gott bewirkt sein.“*

„Komm zur Sache!“
Fordert die lockige Studentin erneut. *„Gleich.“* verspricht Axel mit betont treuherzigem Gesichtsausdruck und putzt seine Brillengläser mit einem zerknüllten Papiertaschentuch:

„Um die weite Kluft, die zwischen dem Menschlichen und dem Göttlichen liegt, so recht zu ermessen, braucht man nur die zittrigen

Zeichen, die die so hinfällige menschliche Hand auf den Einband des Buches krakelt, mit den organischen Lettern im Tischen vernichtende Blicke zuwerfen und „*Pssst*" zischen.

„*Schwätzer!*" schnauft eine lockige Studentin erbost.

Sie fordert Axel auf, der Gruppe endlich die organisatorischen Dinge zeitnah und einigermaßen anschaulich vorzuführen.

Aber Axel besteht darauf, dass dies nicht seine Aufgabe, sondern vielmehr die Pflicht der Bibliotheksangestellten sei.

„*Die nächste offizielle Führung beginnt in einer halben Stunde.*" lässt er verlauten und verabschiedet sich mit einem linkischen Winken in die Runde.

Ich weiß nicht was ich sagen soll, und den anderen scheint es ähnlich zu gehen.

Die Nacht vor der ersten Vorlesung zelten wir auf dem Balkon.

Jakob ist davon überzeugt, dass das Glück bringt.

Brauchen kann man das in jedem Fall. Soviel steht fest.

Kapitel 7

Die Vorlesungen beginnen recht früh. Die Uni saugt in schier unersättlich scheinender, fast obszöner, gieriger Hast die Studentinnen und Studenten auf, entreißt sie abrupt ihrem bisherigen Leben, und lässt sie sodann durch das verschlungene Labyrinth ihres Inneren treiben.

Tausende von Menschen wuseln in einem gigantischen Gewirre umher.

Der Geräuschpegel ist enorm, und die Atmosphäre ist aufgeladen. Als Anfängerin bin ich ziemlich desorientiert.

Die Vorlesungen beginnen recht früh.

Die Idee des Drachentötens, die Idee, die mich hierher gebracht hatte, führte mich mit der Sicherheit einer Schlafwandlerin direkt zum Raum A 402.

Dem Raum, in dem traditionell die Vorlesung über die chinesische Philosophie bei Professor Roth stattfindet.

Jakob begleitet mich ins Seminar von 10 bis 12 Uhr.

Er unternimmt anscheinend alles, um in meiner Nähe zu sein. Ich habe nichts dagegen.

Roth ist klein, rund wie seine Brillengläser und die Hose hängt ihm widerstandslos im Schritt. Sein Gesichtsausdruck birgt etwas sehr chronisch Unglückliches in sich. Nach der kurzen Begrüßung beginnt er zügig mit der chinesischen Philosophie und ich tauche in eine andere Welt ein. Zum zweiten Mal an diesem Tag, und diesmal packt es mich. Ich werde in diesem Seminar bleiben.

Der Einstieg zum polychrom geprägten Zeitbegriff fasziniert mich besonders. Hier „*vergeht*" die Zeit nicht wie in unserem westlichen Denken. Sie tritt eher ziellos auf der Stelle. Man könnte das mit Zeitwaben beschreiben.

Vielleicht könnten die Chinesen besser verstehen, warum mir die Zeit nie so vorkommt als sei sie vergangen und warum mir das Gestern so präsent ist, als sei es das Heute. Kein Wort von Roth entgeht mir an diesem Vormittag. Doch Jakob kritzelt während der gesamten Vorlesung selbstvergessen Strichmännchen auf seinen Block.

Er scheint die visionäre Kraft der Chinesen noch nicht begriffen zu haben .In den nächsten zwölf Wochen belege ich alle Seminare die zwischen den frühen Morgenstunden und dem späten Nachmittag angeboten werden. Doch kein Seminar vermag die gleiche Faszination in mir zu wecken wie das von Professor Roth. Wenn Roth die Geschichte vom Drachentöter erzählt, vom Mut des Drachentöters, dann spüre ich, dass diese Geschichte mit mir zu tun hat. Natürlich kann mir Jakob nichts vormachen, ich lese in ihm wie in einem nicht allzu anspruchsvollen, offenen Buch.

So weiß ich, dass seine in den darauf folgenden Wochen gewachsene Abneigung gegen die chinesische Philosophie einen tieferen und dennoch letztlich äußerst oberflächlichen Grund hat, welcher Professor Roth heißt. Zugegebenermaßen ist Roth an Bissigkeit wohl kaum zu überbieten. Manchmal frage ich mich ernsthaft, warum gerade er die chinesische Philosophie für sich gewählt hat, wo den Chinesen doch Höflichkeit nachgesagt wird. Roth hat da wohl seine eigenen Regeln aufgestellt. Und doch finde ich es schade, dass Jakob den Kurs verlässt. In vielen Stunden haben er und ich darüber diskutiert, ob Roth das *dao* hat oder nicht. Die Debatten waren für Jakobs Verhältnisse anspruchsvoll, denn das *dao* lässt sich nicht so einfach definieren. Wir sind leider nie zu einem wirklich befriedigenden Ergebnis gekommen. Es nimmt mich gar nicht wunder, dass Jakob, welcher in den ständigen Kampf um die soziale Anerkennung einer leistungsfixierten Gesellschaft eingeübt ist, deren irrationale Normen nicht aufbricht, sondern reproduziert. *„Der Weise sucht, was in ihm selber ist, der Tor, was außerhalb."* Ich muss nicht lange überlegen, wer von beiden Jakob ist! Könnte er doch auch von Konfuzius lernen! Doch ich muss mich damit abfinden.

Abends, wenn die meisten Studenten in Bussen, auf Fahrrädern, Autos, Motorrädern oder zu Fuß nach Hause und in die Kneipen der Stadt strömen, verändert der gesamte Eingangsbereich sein Wesen grundlegend. Nachdem nämlich auch die Putztruppen und Hausmeister die Universität verlassen haben, kommen die Menschen der Nacht aus ihren Verstecken. Obdachlose, und offenbar gescheiterte Studenten scharen sich auf den Heizkörpern um die Kaffeeautomaten, erzählen sich ihr Leben und andere Geschichten, sammeln Pfandflaschen auf, spielen Karten und streiten, während sie sich an ihrer Gegenseitigkeit wärmen. Das geheime, das finstere Herz der Universität schlägt wohl ganz in ihrer Nähe. Da gibt es zum Beispiel Ulrich.

Er ist der Einzige, der auch tagsüber stoisch die Stellung im Eingangsbereich hält. Ulrich ist ein tückischer Brüter, und die Studenten meiden ihn wie eine ansteckende Krankheit. Bei den Menschen der Nacht hingegen, scheint er der Anführer zu sein. Seine weiße Kleidung und sein weißer Panamahut bilden einen harten Kontrast zu seinem düsteren Gesicht. Angeblich ist es Ulrichs beeindruckende Lebenszähigkeit, die ihn dazu bewegt aus der Uni seinen persönlichen Gerichtssaal zu machen. In seinem Kopf verklagt Ulrich jeden Tag Dutzende Angestellte, Professorinnen und Professoren, Studierende sowie das gesamte Reinigungspersonal.

Er ist dabei äußerst gewissenhaft und versucht seine Prozesse so redlich wie möglich zu verhandeln. Manchmal schreit er sein Urteil laut und mit geradezu erleichternder Heftigkeit heraus, meistens aber murmelt er es konzentriert vor sich hin, während er sich Notizen macht, und die steile Falte auf seiner Stirn eine Ader über seinen Augen hervortreten lässt. Abends ist er sichtbar müde. Das Weiße seiner Augen ist dann gerötet und verleiht ihnen einen noch stechenderen Ausdruck. Er lässt an niemandem ein gutes Haar. Gnade kennt er auch nicht. Zumindest kommt es mir nicht so vor. Von daher kann es mit seiner Redlichkeit eigentlich nicht so weit her sein. Manchmal schläft Ulrich in der Bibliothek. Er lässt sich dort heimlich einschließen. Das ist nicht erlaubt, aber bisher ist es weder den Nacht-wächtern noch ihren Spürhunden gelungen Ulrich auch nur ein einziges Mal zu erwischen. Einmal hat er mit mir gesprochen. Als er hörte, dass ich Philosophie studiere, hat er bösartig gelacht und mich ganz lauernd gefragt, ob ich das *„Wörterbuch des Teufels“* kennen würde.

„Nein“, hatte ich geantwortet. Da hat er Ambroce Bierce zitiert; *„Ich denke, dass ich denke, daher denke ich, dass ich bin.“* Alex, der merkwürdige Bibliotheksführer, welcher zufällig daneben stand und den Ernst der Lage nicht erfasst hatte, versuchte noch witzig zu sein und hat Ulrich erklärt, dass dies in korrigiertem Latein dann heißen würde: *„Cogito me cogitare ergo cogito me esse.“*

Seither gehe ich beiden aus dem Weg. Bei Alex ist das so, weil er mich nervt.

Doch bei Ulrich hat es einen anderen Grund. Ich habe Angst vor ihm, und das stört mich. Vor so einem Menschen sollte man keine Angst haben.

Solch einem Menschen sollte man sich in den Weg stellen und ich weiß, dass ich irgendwann einmal dazu in der Lage sein würde. Jetzt im Moment zwar noch nicht, aber der Tag würde kommen. Es folgten Tage, hohl, böse und grell, schwer zu beschreiben. Eine Weile existierte ich in einer Art leerem Raum. Eine Orientierungslosigkeit, die noch ausgeprägter war als sonst, hatte sich meiner bemächtigt, und nur die Vorlesungen bei Prof. Roth erreichten mich ein ganz klein wenig. Jakob verstand mich nicht mehr, sagte er. Doch ich war mir ohnehin nicht sicher, ob er mich jemals verstanden hatte.

Wie könnte er, wo ich doch nicht einmal selbst dazu in der Lage war. Ich begann zu warten.

Ich wartete fast willenlos darauf, dass etwas passieren würde, das in der Lage wäre mich dieser Dumpfheit und Leere zu entreißen, die sich bereits um die Weihnachtszeit schwer auf mich gelegt hatte. Irgendetwas. Der Januar deutete auf keinerlei Änderung hin. Auch der Februar blieb zunächst recht unauffällig und matschig. Doch dann tat sich etwas, das sich mit monoton-dumpfem Trommeln ankündigte: Die badische Fastnacht brach über mich hinein. Die Konstanzer tobten von Donnerstag bis Dienstag, völlig außer sich, als „*Blätzlebuebe*", „*Hansele*", „*Hexen*" oder „*Seegeist*" durch die Stadt. Am Dienstagabend fand in der Altstadt dann auch noch die „*Hexenverbrennung*" statt. Ob es „*Hexen*" oder Bücher sind: Die Menschen zerstören wirklich gerne, was sie nicht verstehen. Für einen Moment kam mir die Szenerie allzu bekannt vor, und der Schrecken, der sich meiner bemächtigt hatte, trieben mich ins Leben zurück. Zumindest das. Leider blieb es auch nach Fastnacht überwiegend nieselig und kühl. Ich fühlte mich immer noch nicht besonders wohl und hoffte, dass das nur an dem klammen Nieselwetter, den übermäßig vielen Seminar-arbeiten oder an dem völlig verwahrlosten Zustand der Küche lag. Zu sehr hatten mich die Anstrengungen der vergangenen Monate und der zähe Kampf um meinen Platz in der Welt ausgelaugt. Nachts erzählte mir Jakob dann von einem Buch das er gerade liest, eigentlich waren es zwei. Von den „*Wurzeln des Zufalls*" und von einem weiteren Buch, das irgendein als ketzerisch ver-leumdeter Professor verfasst hat. Nach ihm gibt es Zeitachsen, die sich dann und wann überschneiden. Sobald dies geschieht, wiederholen sich, wie in einer unendlichen Schleife, bestimmmte Dinge, Personen-konstellationen, Situationen.

„Das ist das Gesetz der Serie." meint Jakob lässig. Ähnliche Dinge geschehen hintereinander aber in einer verschobenen Zeitdimension.

Ob damit auch die Hexenverbrennung damit gemeint ist kann ich nicht sagen.

Ich weiß nur, dass mir die Fastnacht zu kalt war, zu feucht und zu verrückt.

Und Ostern auch. Ich war so erkältet, dass ich bloß dank einer Heizdecke vom Flohmarkt überlebt habe.

Überhaupt verstand ich diese Feste allesamt nicht. Mir war klar, dass sie mit Sicherheit Orientierung gaben, vielleicht auch einen Halt.

Nur bei mir funktionierte das wieder einmal nicht. So war das immer schon gewesen.

Würde es sich einmal ändern? Wollte ich das überhaupt?

Eli kam mir in den Sinn. Eli beim Fastnachtsumzug und Eli bei der Suche nach dem Osterhasen. Ich sollte nicht mehr an ihn denken.

An Eli zu denken dehnte die Einsamkeit aus, vergrößerte sie ins schier Unerträgliche.

Doch wenigstens war Jakob hier.

Das war immerhin schon einmal etwas.

Auch wenn ich damals als Kind in der Schweiz Geschenke zurückgewiesen habe:

Das wertvolle Geschenk der gemeinsam verbrachten Zeit habe ich immer hoch geschätzt.

Einmal noch bin ich Axel begegnet.

Er saß in der Bibliothek und las im Buch der Wandlungen. Als er mich entdeckte wollte er mir sofort einen Vortrag über das I Ging halten.

„Du bist doch auch bei Roth in der Chinesischen Philosophie?", wollte er wissen. „ *Ich hab dich da sitzen gesehen. Stimmt doch, oder?"* „Ja", antwortete ich betont knapp.

Das I Ging interessierte mich zwar, doch hoffte ich, dass es auf anderem Weg als ausgerechnet über Axel zu mir kommen würde. Über jemanden, den ich mag.

Oder eben durch eigene Anstrengung. „Ich muss jetzt gehen", setzte ich nach und klammerte mich an meinen Büchern fest. Als ich zur Tür hinausging verabschiedet er mich mit schmelzendem Blick: „*Mögen wir uns wiederbegegnen.* "

Und ich sage „*ja*", taktvoll aber ohne Hoffnung.

Kapitel 8

Der Sommer kam in diesem Jahr bereits Ende April. Schon frühmorgens auf dem Weg zur Uni machte ich einen Umweg und sprang von der Brücke in den Rhein.

Auf der glatten Wasseroberfläche spiegelte sich manchmal mein Gesicht. Das Wasser war noch ziemlich kalt, aber ich spürte wie es sich mit jedem länger werdenden Tag langsam erwärmte. Und mit der Wärme kam Carl

Ihn habe ich am Ende des Monats am See kennen gelernt. Er war, noch von seltsam blassen Pillen begleitet, gerade aus der Klinik entlassen worden wo man sich in seinem Fall auf eine schwere Depression, also auf die Krankheit übermäßiger Traurigkeit der Seele, geeinigt hatte. Ich saß hinter ihr auf einer Bank mit meinem Buch in der Hand, respektvoll vertieft in die Kunst des Drachentötens.

Das erste was ich von Carl sah war der Drache, den er am Wasser sitzend in einen Schulzeichenblock gemalt hatte. Ein grünschuppiges, Feuer speiendes Ungeheuer, dass sich mit ihm erhob, als er mit einer Gauloise im Mundwinkel auf mich zukam und fragte, ob ich Feuer hätte. *„Ich bin doch kein*

Drache" hatte ich geantwortet. Und da fand ich dieses kurze Aufblitzen in Carls Augen wieder. Der Drache war unser Stichwort und bereits im Laufe dieses einen Tages versank der Unterschied zwischen unseren Leben im wissenden Plätschern des Sees. Carl erzählte an diesem Tag viel von sich.

Weitaus mehr als in den sich daran anschließenden Monaten. Er sagte mir, dass er oft am Wasser sitze, so wie ich, damit versuche er den Schmerz in sich zum Schweigen zu bringen. Doch das musste er mir im Grunde nicht extra sagen. Ich habe es ohnehin schon gewusst, die Schatten trauriger Unruhe unter seinen Augen haben es mir verraten. Vor Carl konnte ich mich zeigen wie ich bin. Eine schöne und warme Er-leichterung, wie ich sie nie zuvor gespürt habe, machte sich in seiner Gegenwart bei mir breit. Und schließlich kam das I Ging über einen Menschen den ich mochte zu mir. Er zeigte mir das Buch der Wandlungen und das I Ging, eine Art Orakel. Das I Ging enthält 64 verschiedene Figuren (sogenannte Hexagramme). Es war wahrlich nicht ganz leicht diese Kunst zu erlernen, doch Carl war der beste Lehrer, den ich mir vorstellen konnte. Seither war auch das I Ging immer mein Begleiter, etwas, das ich befragen konnte.

Manchmal fuhr ich mit Jakob auf unseren Rädern am See entlang und bei jeder dieser Fahrten schaute ich mich um weil ich immer hoffte, Carl irgendwo sitzen zu sehen. Carl schien mir die große Ausnahme zu sein.

Jemand, dem ich ohne zu wissen warum, mit jedem Teil meines Seins vertraue.

Ich denke es ist weil er auf eine Art mit mir verwandt ist, die schwer zu beschreiben ist. Einige Bilder wiederholten sich während unseren häufigen Touren mit dem Rad.

Am See schichtete eine zierliche Frau in meditativer Ruhe Steine aufeinander. Sie war häufig zu sehen, kaum zu übersehen, und auch Jakob war sie aufgefallen. Ich musste daran denken, dass die meisten Menschen hinter den Dingen herjagen, und niemals zu sich selbst finden. Ein Herrscher über die Menschheit hatte dadurch ein leichtes Spiel. Doch an dieser Frau, da war ich mir sicher, würde er sich die Zähne ausbeißen. An Carl allerdings ebenso.

Mein Carl war absolut und vollkommen unbe-stechlich. Das merkte man vom aller ersten Augenblick an. Und bei allem was ich an Jakob auszusetzen hatte musste ich dennoch auch über ihn diese Aussage machen. Jakob und ich unterhielten uns manchmal, während dieser Radausflüge, über unsere Zukunft. Ab und zu auch, während er seine Kreidezeichnungen auf der Seestraße machte. Jakob konnte ganz verblüffend gut zeichnen.

Die Menschen standen oft um ihn herum und bewunderten ihn lautstark. Seine Motive, seine Farbauswahl waren tatsächlich ziemlich beeindruckend und bei den Bildern, die da nur so massig aus ihm herausströmen konnte wohl niemand mehr wegsehen. Doch mich stört, dass er nie seine Signatur darunter setzt. Menschen müssen einfach ihre eigenen, ihre persönlichen Signaturen hinterlassen. Nur so verantworten sie auch, was sie tun. Die Signatur könnte das bezeugen. Nur sie. Oft fragte ich mich, ob im Grunde nicht fast alle Menschen Verräter sind. Deswegen stritt ich mit Jakob über die Sache mit der Signatur. Warum nur kann er seinen Namen nicht auf-schreiben, nicht nennen, nicht unter sein Werk setzen, selbst bei einem so vergänglichen, harmlosen Werk wie einer einfachen Kreidezeichnung? Konnte er nicht dazu stehen und mochte er lieber einfach in der Anonymität verschwinden, so wie seine Landsleute in den dunkelsten Jahren der Menschheit über-haupt? Noch während ich mit ihm stritt wusste ich, dass ich ungerecht war. Jakob konnte für all das nichts. Er wurde erst viele Jahre später geboren. Und trotzdem.

Eine Art Verantwortung musste es doch geben. Nicht nur, weil er Deutscher war Vor allem doch, weil er ein Mensch war – oder etwa nicht?

Im Land der Dichter, der Musiker, der Philosophen und Denker war das Denken, der gute Geschmack des Musischen - der aus der Ästhetik auch hätte eine Ethik ableiten können und müssen - in der jedoch, ganz im Gegenteil, auch und vor allem das moralische Urteil plötzlich verpönt gewesen war. Und könnte es dann nicht auch in jedem anderen Land so vonstatten gehen? Jederzeit wieder? Auf andere Weise, selbstverständlich, doch immer aus demselben, letztlich banalen Grund. Dem so unscheinbar wirkenden Grund der persönlichen Verantwortungslosigkeit. Wer sich entzieht, seine Stimme, seine Gedanken, seine Signatur, macht der sich nicht gerade besonders schuldig? Es scheint so eine Kleinigkeit zu sein, die Sache mit der fehlenden Signatur. Und sicherlich bin ich da ganz besonders aufgerüttelt und empfindlich. Doch stehe ich dennoch dazu. Der Grund liegt in dem, was außer meiner Familie, noch sechs Millionen anderen Menschen widerfahren ist. Und wenn man, wie bei mir, bedenkt, dass auch die Nachfahren noch unter der Ermordung ihrer Familien leiden, so sind es weitaus mehr. Ich komme einfach nicht darüber hinweg, wie meine Urgroßeltern verraten wurden. Von Kollegen, von Nachbarn, von Freunden, von denen, von denen sie es wohl am wenigsten erwartet hätten. Wie sie wohl gestorben sind? Sicherlich getrennt voneinander. Die Frauen haben man warten lassen. In ihrer Todesangst warteten sie länger. Die Augenzeugen-berichte kommen mir nun oft in den Sinn. Als die nackten Berge von Toten, aufgehäuft durch und von Menschen, nach der Ermordung mit Zyklon-B weggeräumt wurden und man feststellte, dass diese Toten mit letzter Kraft versucht hatten, die Türen zu erreichen, oder wie sie nach oben gestiegen waren, in der Hoffnung, noch etwas Luft zu bekommen. Wie sie sich gegenseitig im furchtbaren Todeskampf, im Zwischenraum zwischen Leben und Tod, als nur noch Teile ihres Gehirns instinktiv reagierten, während dem Eintreten des Giftgases totgetreten hatten und hinterher alte

Menschen, sowie Kinder zertreten und zerbrochen, vom Gewicht der ster-benden Körper über ihnen, ganz unten lagen. Meine Urgroßeltern waren alt. Ob sie auch zertreten wurden in den letzten Minuten ihres Lebens? Ob mein Vater, wäre ihm nicht in letzter Sekunde die Flucht geglückt, auch eines der Kinder gewesen wäre, die bis zur Unkenntlichkeit zermalmt auf den Böden der Gaskammern lagen? Wäre er einer dieser Kinder gewesen, deren ausgezehrte, tote Körper man einfach mit Schubkarren entsorgt hätte? Diese Schubkarren von denen noch Arme und Beine in der Verrenkung der Toten herunterhing und auf der Erde schleifte. Ich könnte wahnsinnig werden, wenn ich mich dies frage. Ich könnte schreien und schreien und nie wieder damit aufhören. An einem wilden Ufer entdecke ich das Baden nochmal anders. Tagein und tagaus gehe ich schwimmen. Dieses Gefühl von Freiheit kann ich ganz schwer beschreiben. Doch empfand ich es immer beim morgendlichen Schwimmen im See. Schon frühmorgens auf dem Weg zur Uni mache ich einen erheblichen Umweg, stelle das Rad an der Seestraße ab und springe von der Brücke in den Rhein. Auf der Wasseroberfläche spiegelt sich manchmal mein Gesicht. Ich bin es und ich bin es nicht.

Die chinesischen Philosophen lese ich abends unter einem Kirschbaum, oder auf den warmen Steinen am See. Ich schwimme unter der Sonne und ich schwimme unter dem Mond, im lauen fruchtigen Wasser des Sees. Wenn dies mein letzter Tag wäre, dann wollte ich selbst im Licht der fremden Sonne gebadet haben.

Den Rest des Sommers schwimmen Jakob und ich tagsüber, liegen im hohen, dichten Gras hinter der Uni, sitzen in Cafés und Eisdielen, flanieren an der Uferpromenade entlang bis zur Schmuggler-bucht und gehen nachts um 12 im See erneut schwimmen.

Die allgemeine Seelenlage ist jetzt entspannter, obwohl lüsterne Wolken am Horizont bereits ein Gewitter ankündigen, das sich nach Entladung sehnt. Nach der Vorstellung im Freilicht-Theater an der Uni fahren wir mit den Rädern an den Uni-Strand und schwimmen im silberroten Mondlicht, bis es anfängt zu blitzen und zu donnern. Eigentlich ist es wunder-schön; trotzdem muss ich weinen.

Später, zu Hause, streicht mir Jakob über die Wange. Er sieht heute besonders gut aus. Seine Haare sind mittlerweile ziemlich lang und noch etwas feucht vom Schwimmen. Das gibt ihm etwas Verwegenes. Als er bemerkt wie ich ihn ansehe, schneidet er Grimassen, um mich zum Lachen zu bringen, leider tröstet mich das auch nicht. Den ganzen, eigentlich herrlichen, lichtdurchfluteten trockenheißen Bodenseesommer über war mir innerlich kalt. In jenem Sommer hat es fast keinen einzigen Tag geregnet. Allein das müsste im Grunde ausreichen, um es unheimlich werden zu lassen. Und dennoch habe ich, wie ich finde, das Beste daraus gemacht. Mit Jakob. Daher habe ich auch eine Woche darauf den definitiv letzten Versuch unternommen, Jakob die östliche Philosophie näherzubringen. Ich habe ihm den *„Drachentöter"* vorgelesen, weil er Geburtstag hatte und ich ihm unbedingt etwas von wirklichem Wert schenken wollte.

Außerdem hatte ich die Hoffnung gehegt, dass er mit fortschreitendem Lebensalter etwas an Weisheit gewinnen würde und sein trotziges Desinteresse einem milden Wohlwollen weichen würde.

Ich habe mich geirrt. Der Abend wurde dann zum Glück doch noch recht schön.

Ein paar Bewohner aus Jakobs Wohnheim waren auch zu uns herübergekommen. Von seiner WG ist allerdings niemand da gewesen, das war ein richtiges Geschenk für ihn.

Die Leute aus seiner WG sind nämlich alle miteinander verfeindet. Wir tranken Tee, rauchten und ich konnte meine Geschichte vom Drachentöter dann doch noch anbringen, während Jakob auf dem Klo war. Irgendwie kam die Geschichte ganz gut an, obwohl ich befürchte, dass möglicherweise niemand die „Message" verstanden hat. Besonders Angie, die ich vom Sehen kenne, schien sich trotz ihres weit fortgeschrittenen, schweren Alkoholkonsums, für die Chinesen zu erwärmen. Ich erzählte ihr auch von den Chinesen, die Wanderlehrer waren und an Fürstenhöfen versuchten, ihr Wissen an den Mann zu bringen. Das war das Programm, wie man die Welt, welche am Untergehen ist, da sie „wu dao" also „ohne Ordnung" ist, wie Roth sagt, retten könnte durch eine Rückkehr zu der Menschlichkeit und wie man das verloren gegangene Herz durch Lernen wiederfindet. Zum Schluss hat mir dann keiner mehr zugehört. Jakob kam von der Toilette zurück und hat die Musik lauter gedreht, so dass man sich nur noch schreiend verständigen konnte.

Das war schade, aber da war nichts zu machen.

Die Zeit nach Jakobs Geburtstag verlief friedlich. Ich stand früh um fünf auf und setzte mich auf eine Bank im Unigraben, um mir die Geschichte vom Drachentöter wieder und wieder durchzulesen.

Ich bin von der Idee besessen, diese Kunde wirklich zu verstehen. Es geht um einen Mann, der das Drachentöten lernte und sein ganzes Vermögen dafür hingab. Nach drei Jahren hatte er die Meisterschaft erlangt, aber er fand nie die Gelegenheit, seine Kunst anzuwenden, denn er ist tatsächlich nie einem Drachen begegnet, wie bei Zhuang-Zi nachzulesen ist.

Jakob nennt mich autistisch, weil ich über diese scheinbar so belanglose Geschichte nicht hinwegkomme.

Doch ich fühle deutlich, dass der Drachentöter mit mir zu tun hat. Mir kommt es auch oft so vor, als würde mich auf dieser Welt keine Seele brauchen und als sei all das, was ich versuche herauszubekommen und zu lernen am Ende vollkommen ohne Bedeutung.

Kapitel 9

Das Seenachtsfest, welches den Höhepunkt des Sommers in Konstanz traditionell untermalt, war recht bombastisch.

Die Veranstalter hatten riesige Boxen aufbauen lassen und klassische Musik dröhnte über den See, während das Feuerwerk wütete wie ein speiender Lindwurm und sich auf der Oberfläche des Sees widerspiegelte.

Es hat etwas Irreales, wie die Musik das Feuerwerk untermalte.

Ich kam mir vor als würde ich versinken und nur einige Pannen bei der Koordination der Techniker entließen mich erleichtert wieder zurück in die Realität, in der Jakob und ich in den frühen Morgenstunden nackt im See badeten.

Die frühen Morgenstunden waren das Einzige, das mich mit diesem bizarren Sommer etwas versöhnen konnte.

Ihre Schönheit hatte nicht die Aufdringlichkeit der Tage.

Manchmal auch die nächtlichen Gespräche mit Carl unter dem Sommermond, doch insgesamt waren dics alles, all diese Helligkeit und diese Penetranz des Lichtes zuviel für mich. Einfach zuviel.

Und obwohl ich den Winter fürchte, gab mir nun nur noch die Gewissheit, dass der Herbst vor der Tür stand, etwas Frieden.

Den Herbst mochte ich. Er stellte sich meinem In-neren nicht entgegen, und so lag ich auf der Lauer, zumeist zusammen mit Carl am Ufer des Sees.

Ich warte darauf, den Herbst wie einen guten Freund begrüßen zu dürfen.

Worauf Carl wartete kann ich nicht sagen. Manchmal war er so abwesend.

In solchen Augenblicken war es unmöglich auch nur die Idee eines Kontaktes zu ihm zu bekommen.

Ich ließ ihn so wie er war und er schien dankbar dafür zu sein.

Doch ich wüsste gerne, was in ihm vorgeht.

Manchmal saßen wir nur so da, nebeneinander, schwiegen und rauchten.

Der See plätscherte an den Stellen, an denen er mit dem Ufer in Kontakt kam ganz sachte und leise – und ebenso fühlte ich mich in diesen Momenten mit Carl.

Oft saßen wir bis es dunkel wurde und die Kälte, die zu späterer Stunde von den Steinen zu uns aufstieg machte uns nichts aus.

Zumeist bemerkte ich sie eher als Carl, doch das hinderte uns nicht daran noch weiter einfach dazusitzen, ganz dicht nebeneinander, mit sich berührenden Schultern, und gänzlich schweigend zu rauchen.

Manchmal erklärte er mir die Sternbilder. Doch immer nur kurz, um dann wieder in sein ruhiges, fast behagliches Schweigen zu fallen.

Dieses Schweigen war kein Bedrohliches. Wir verständigten uns miteinander auf eine andere Art. Auf eine Art die der Worte nicht bedurfte.

Auf dem Wasser tanzten Nebelfetzchen wie kleine, unbedarfte Geisterwesen.

Das waren unsere allerschönsten Stunden.

Andromeda, die Milchstraße, den großen und auch den kleinen Wage, den großen Bären, den ein oder anderen besonders hellen Stern, Prokyon und Sirius selbstverständlich auch.

Mehr haben wir nicht gebraucht.

Kapitel 10

Der Herbst kam diesmal über Nacht und hat die Laubwälder um die Uni herum rot gefärbt. Es sah glanzvolldüster aus und zeigte mir erneut, dass nichts bleibt wie es war. Eine wahrhaft weise Erkenntnis, wenn man wirklich einmal darüber nachdenkt.

Ich habe den Herbst schon viele Male kommen sehen, aber dieses Jahr war es so, als wäre es das erste Mal.

Die frühen Nebelschwaden hingen über den Wiesen und klärten meinen Kopf Tag für Tag mehr.

Auch Carl scheint vom Herbst nicht unbeeindruckt geblieben zu sein.

Etwas an ihm war mit einem Mal anders, doch ich konnte es nicht beschreiben.

Es gab mir für den Moment die Hoffnung er würde sich ein wenig mehr öffnen. Aber das tat er nicht.

All meinen heftigen Bemühungen zum Trotz. Dabei hatte sich etwas ganz deutlich in ihm geändert, auffällig geändert. Ich spürte es genau. Etwas hatte sich gewandelt – und nicht nur das.

Alles hatte sich gewandelt, irgendwie. Nur Jakob blieb Jakob. Und dann begann die Uni wieder.

Im kommenden Semester forderten die Logik Vorlesungen ihr Tribut und Jakob erkannte hier offenbar seine Bestimmung.

Das Seminar bei Professor Wittenberg fiel mir nicht schwer.

Aber die empörende Lieblosigkeit des Themas wurde in monotoner Regelmäßigkeit von den Betonwänden auf unerklärliche Weise reflektiert und spiegelte sich auf den leeren Gesichtern meiner Kommilitonen wider.

Lediglich die schöne Alev, die rechts neben Jakob sitzt und ursprünglich aus der Türkei kommt, schien davon ausgespart worden zu sein.

Doch vermutlich nur, weil sie sich ihrerseits offenbar sehr für Jakob interessierte, zumindest machte es den Anschein.

Wittenberg war bei den Studenten ungewöhnlich begehrt, obwohl er die Vorlesungen immer schon auf acht Uhr legt, selbst im Wintersemester.

Er hat schlohweißes Haar und ist so faltig als sei er zu irdischer Unsterblichkeit verdammt.

Sein kleiner, drahtiger, beinahe noch knabenhaft wirkender Körper steht in sehr krassem Gegensatz zu Roths außerordentlich verschwenderischer Leibesfülle.

Er kam mir vor wie eine Spinne und Jakob war die Fliege, die ihm natürlich, wie könnte es anders sein, ins Netz gegangen ist.

Wittenbergs unbestrittene Tugenden waren Zielstrebigkeit, Ordnung, Planbarkeit, Stabilität und Kontinuität. Jakob saß mit roten Wangen da, schrieb ununterbrochen mit und die scheue, rehäugige Alev beobachtete ihn begeistert, wobei sie verträumt vor sich hin lächelte und damit den größtmöglichen Gegensatz zum sonst vorherrschenden Gesichtsausdruck der meisten anderen Studenten bildete.

Vermutlich hatte Jakob seinen Platz hier gefunden.

Jetzt wo er sich als Opfer der Banalität des Alltäglichen mit der dumpfen Illusion von Glück zu von Wittenbergs Lakai aufgeschwungen hatte, habe ich wohl einen mir ergebenen Bewunderer weniger.

Ich würde damit zurechtkommen. Immerhin blieb mir Carl. Und das war etwas was nicht unterzubewerten war. Ganz und gar nicht.

Kapitel 11

Die Abende verbrachte ich jetzt meistens allein oder mit Carl im „*Blue Note*", einer Jazzkneipe in der Altstadt.

Die gesamte Einrichtung dort war ziemlich marode, ebenso wie meine Stimmung.

Auf der Toilette gab es seit Wochen kein Licht und der einzige Toaster, mit dem immerhin noch ein recht passables Toast Hawaii hatte zu-bereitet werden können, war schon seit mehr als einem Monat kaputt, so dass hungrige Gäste nur noch auf Erdnüsse zurückgreifen oder mit Hilfe einer eigens dort, auf dem stillsten Örtchen des Jazzlokals, abgestellten Taschenlampe urinieren konnten. Obwohl nie sehr viel los war, war es hier immer extrem verraucht. Der Dunst verfing sich zunächst in den Spinn-weben um den rostigen Decken - Ventilator und blieb dann auf den vergilbten Gesichtern der Jazzmusiker hängen, welche in Form von Postern von der schlecht gestrichenen Wand ablenken sollten. Manchmal kam Jakob doch vorbei, so dass und Carl und ich mit ihm im Hinterzimmer Billard spielten. Überraschenderweise gab es im *„Blue Note"* Zimmerpflanzen, die so widerstandsfähig sind, dass sie immer noch lebten. Meistens aber lauschte ich dem Blues alleine, rauchte Gauloises und trank Wein aus stillosen Gläsern, während der Abend friedvoll dahinplätscherte.

Das *„Blue Note"* hatte oberflächlichen Schmuck wahrlich nicht nötig.

Im Gegensatz zu Jakob war auch Carl diesbezüglich meiner Meinung und ebenfalls im Gegensatz zu Jakob konkurrierte er im Studium nicht mit mir. Ab und zu hörte ich Carl beim Klavierüben zu. Ich finde, dass er ein Virtuose genannt werden konnte.

Jakob war eifersüchtig, weil er als Kind nur Blockflöte spielen durfte, obwohl er einst von einer Karriere als gefeierter Saxophonist geträumt hatte.

Trotzdem war er besser dran als Carl. Garantiert. Ich muss es wissen. Und deswegen lud ich Carl im Anschluss an einen der Blue-Note-Abende zu einem Ausflug nach Meersburg ein.

Carl liebte es auf der Fähre zu fahren. Schon allein deshalb bot sich dieser Ausflug an. Wir redeten viel an diesem Abend.

Ich erzählte ihm auch vom Feiertagsgeschirr meiner ermordeten Urgroßeltern und darüber dass ich glaube, dass ich dieses Geschirr, sollte ich es jemals wiederfinden, vorsichtiger behandeln würde als alles andere sonst. Carl verstand was ich meinte. Dafür war ich ihm dankbar. Dafür und für so vieles anderes.

Bevor wir gingen erklärt er mir noch, dass er gerade die Prophezeiung, das „*Book of the Hopi*" liest, und dass das ein sehr wichtiges Buch sei, denn: *„Den Weltuntergang überlebt nur, wer in seinem Herzen ein Hopi ist.“* Die Hopi-Indianer kamen wahrscheinlich von Asien über die Landbrücke in der Beringstraße nach Amerika, vermutet Charly. Nach den Hopi leben wir anscheinend in der vierten Welt, Túwaqachi, die bald zu Ende geht. Es gibt dieses Mal keine einfache Zuflucht zur großen Mutter Spinne, also keine Rettung, keine äußere zumindest. Charly klingt besorgt. Dennoch stellt die vierte Welt einen Wendepunkt dar.

„Hopi“, das klingt wie *„hope“*-Hoffnung. Außerdem hat Charly jetzt einen Job als Klavierspieler in einem Nachtclub. Ob dass das richtige für Charly ist – ausgerechnet für Charly? Ich hoffe für ihn, dass er im Herzen bereits ein Hopi ist.

Kapitel 12

Wir nahmen die allererste Fähre nach Meersburg. Zum Glück war für das Wochenende schönes Wetter angesagt, und was mindestens ebenso gut war: Die Vorhersage traf tatsächlich zu. Der Wind auf der Fähre zog und blies an meinen Haaren, in meinen Nacken und erfüllte mich mit einem leichten Gefühl von Freiheit. Ein Gefühl, das mir schon seit

längerer Zeit unwiederbringlich abhanden gekommen schien.

Das sonnige Meersburg gefiel mir so sehr, dass ich
darüber sogar meine starken Kopfschmerzen vergaß.
Meine Kopfschmerzen und die Anne Frank
Ausstellung, die in den vergangenen zwei Monaten
in Konstanz stattgefunden hatte. Ich hatte die
Gesichter der Menschen genau beobachtet die,
zumeist langsam, gefasst und sehr still, aus dem
Veranstaltungsraum getreten waren.

Anne Frank. Was mochten sie gedacht haben? Sie
wirkten nicht anders auf mich. Nicht wie Nachfahren
ausgerechnet der Menschen, die an Annes
Ermordung beteiligt gewesen waren. Obwohl ich
natürlich auch nicht wusste, wie man sich solche
Nachfahren hätte vorstellen sollen. Schweigend
und traurig sahen ihre Gesichter aus und ihr
Ausdruck vermischte sich mit dem meinen, legte
sich um meinen Kopf und drückte ihn langsam und
grausam immer stärker zusammen.

Daher meine tagelangen Kopfschmerzen, die sich
nun etwas aufzulösen schienen.

Tagsüber besichtigten wir die Ritterburg der Annette
von Droste Hülshoff. Beim Anblick des Burgverlieses

wurde es mir ganz komisch. Kommt „*Verlies*" von verlassen? Nahe liegend war es zumindest. Durch eine runde Öffnung, das „*Angstloch*" wurden die damaligen Gefangenen geworfen und somit lebendig begraben. Fotografien zeigen nun, was diese vor ihrem Ende in die Wände der Kerker geritzt haben. „*Leben*", hatte einer geschrieben. Leben.

„*Das ist schlimmer als jede Folter*" sagte Carl schließlich. Und ich wusste, was er meinte. Noch lange musste ich an das „*Angstloch*" denken. Es erschien mir so merkwürdig vertraut. Beinahe so, als hätte ich nie etwas anderes gekonnt, wobei das natürlich nicht sein konnte. Soviel war mir immerhin klar. Vielleicht hätte ich nie damit anfangen sollen, „*luzide*" zu träumen. Carl hatte mir auf dem Rückweg von Meersburg erklärt, wie das geht. Unheimlich fand ich es zwar, doch wollte ich nicht so steif und voreingenommen erscheinen. Es war ungefähr so, als würde man sich selbst von oben sehen, denn beim luziden Träumen verlässt man seinen Körper. Man durfte jedoch nicht zu weit fortgehen.

Der luzide Traum begann für mich damit, dass ich auf der Fähre von Meersburg nach Konstanz saß und rückwärts fuhr. Man musste sich auf seine Hände konzentrieren. Dies leitete den luziden Traum ein.

Die Situation kam mir so bekannt vor, dass sie einen Traum einleitete, indem ich erkannte, dass ich träume:

Ich lief die Reling entlang und sah meinen Schatten.

Als ich mir schließlich ganz sicher war zu wissen, dass ich träumte, beschloss ich, den Rat von Carl, die Hände anzuschauen, auszuprobieren.

Es klappte. Ich sah mich tatsächlich von oben auf der Fähre sitzen. Der Wind zerzauste mein Haar und da war ein gelöstes, ein ganz wunderbares Gefühl in mir. Aber dann kam einer dieser unabänderlichen Kontrolleure, ein Angestellter der Fähre und ich konnte nicht mehr in meinen Körper zurück.

Ganz lange dauerte es, bis ich wieder einigermaßen zu mir kam. Zwischendrin kam es mir immer noch so vor, als würde ich nur träumen. *„Alles ist Eins!"* sagte Carl noch, *„Der Traum gehört dazu"*. Und da beschloss ich ernsthaft, mich mehr der eindimensionalen Realität hinzugeben denn ich machte mir Sorgen darüber, dass ich durch das luzide

Träumen meinen Verstand verlieren könnte. Oder, was mindestens genauso schlimm wäre: dass es am Ende meine Angst weiter nähren könnte. Carl lachte.

Er war völlig davon überzeugt, dass man seinen Verstand niemals verlieren konnte. Für ihn gab es keinen Unterschied zwischen Normalität und dem was da außerhalb lag. Etwas, auf das ich noch lange keine Antwort gefunden habe.

Es begleitet mich seither. Dennoch und gerade deshalb: ich beschloss mir zusätzlich einen Job an der Uni zu suchen um ausgelastet zu sein und um nicht mehr an das luzide Träumen und an das Angstloch denken zu müssen.

Kapitel 13

Ich habe eine Stelle als wissenschaftliche Hilfskraft an der Universität bekommen. Dort habe ich ein wunderschönes Zimmer mit Blick in den Uni-Graben, von wo aus man bei Fön die Berge sehen kann.

Die Schweizer Berge, beinahe zum Greifen nahe escheinen sie. Und doch sind sie, besonders für mich, so weit weg.

Von meinen Eltern habe ich nichts mehr gehört seitdem

ich mich dem Familienbeschluss, nämlich Deutschland nie wieder zu betreten, widersetzt hatte.

Wenn sie doch nur verstehen könnten, dass mir nichts übrig geblieben war als genau dies zu tun.

Und bisher, finde ich, lief es – trotz allem, TROTZ ALLEM erstaunlich gut.

Damit hätte ich nicht gerechnet.

Und so versuche ich, mich weniger auf die Berge und mehr auf meine Arbeit zu konzentrieren. Meistens gelingt mir das auch. Wenn mich sonst niemand ablenkt, meine ich.

Aber meine Chefin ist schwierig.

Sie ist für ihr recht fortgeschrittenes Alter noch so schrecklich aufdringlich, und man tut so, als merke man es nicht. Meist redet vom zähen Gewebe der alltäglichen Wirklichkeit.

Sie erzählte mir auch, dass die Menschen ihr Leben lang in den Dingen gefangen seien und niemals zu sich selbst fänden. Das immerhin finde ich weise.

Außerdem mag sie mich, da ich sie an jemanden erinnere, der früher einmal bei ihr gearbeitet hat.

Irgendjemand ist mir da wohl einen Schritt voraus.

Obwohl mir da sowohl Hegel als auch die Chinesen widersprechen würden.

Vermutlich sogar Nietzsche, denn nach ihm ist alle Wahrheit ist krumm, die Zeit selber wiederum ist ein Kreis.

Ich versuche mich davon aber möglichst nicht ablenken zu lassen, denn ich koordiniere ein psychologisches Versuchsprojekt. Es ging darin um die menschliche Erinnerung.

Der Assistent misst die Gehirnströme.

Ob das was nützt?

Mit der Materie kannte ich mich nicht aus. Ich notierte nur die Namen.

Kapitel 14

Am letzten Tag im Oktober ist mir ein kleiner, gefleckter Kater zugelaufen.

Die schwarze, lang gezogene Musterung um seine Augen sieht aus, wie mit Kajalstift nachgezogen, und auf der Stirn hat er einen roten Farbklecks.

Ich habe ihn Leo genannt, weil er nur bei der Musik von Leonard Cohen anfängt zu schnurren.

Er scheint sehr wählerisch zu sein, was mir an ihm

gefällt. Und er wärmt mich ein wenig.

Allerdings neigt er dazu, häufig, und ohne erkennbaren Grund, zu kratzen.

Trotzdem möchte ich ihn nicht wieder hergeben. Um mein Gewissen zu beruhigen, hänge ich in der Stadt, halbherzig jedoch, Zettel auf die eindeutig auf ihn verweisen.

Falls jemand Leo wirklich schmerzlich vermisst, und ihn zurückhaben möchte.

Das Foto von ihm ist ziemlich gut geworden. Durch die Musterung um seine Augen wirkte er geradezu bestechend anziehend. Ich kann meine eigenen Augen kaum von ihm lassen. Was für eine Schönheit! Doch offenbar wollte trotzdem niemand Leo wieder haben. Auch hier haben wir wohl eine Gemeinsamkeit.

Vielleicht hängt es damit zusammen, dass wir beide schwierig im Umgang sind, doch ich finde, dass es Schlimmeres gibt.

Meine Träume zum Beispiel, und meine Gedanken kurz vor dem Einschlafen. Oder aber die Tatsache, dass meine Eltern stur nicht mehr mit mir sprechen seitdem ich in Deutschland studiere.

Dass ich mich kaum noch an das Gesicht von Eli erinnern kann ist allerdings mit Abstand das Schlimmste.

Es entgleitet mir mit einer grausamen Gesetzmäßigkeit, die ich nicht verstehe.

Nun bin ich so einsam, dass ich sogar einer streunenden Katze die Geschichte vom Drachentöter aus Roths Seminar vorlese.

Ich wüsste nicht, wem ich sie sonst noch vorlesen sollte. Es geht immer noch um diesen einen Mann, der über Jahre hinweg Drachentöten lernte, und sein ganzes Vermögen dafür hingab. Nach drei Jahren hatte er die Meisterschaft erlangt, aber er fand nie, während keiner Stunde seines Lebens, die Gelegenheit seine Kunst anzuwenden, denn er ist nie einem Drachen begegnet, wie bei *Zhuang-Zi* nachzulesen ist.

Es fällt mir schwer das zu verstehen.

Vielleicht fällt es mir auch nur schwer zu glauben, dass es einen Menschen gibt der nie einem Drachen begegnet ist.

Na ja, andererseits blieb er vielleicht den Rest seines Lebens in einem Kloster in dem es nichts gab als

Kontemplation und Gebete. Wie es letztlich mit ihm weitergegangen ist, mit dem Drachentöter, das wird ja immerhin auch gar nicht erwähnt.

Und wie es mit mir weitergehen soll, das weiß ich auch nicht.

Doch immerhin habe ich jetzt Leo.

Ich möchte für ihn da sein. Das halte ich nämlich für wichtig. Warum, kann ich nicht sagen. Aber darauf kommt es ja nicht unbedingt an.

Kapitel 15

Immer häufiger denke ich nun sogar tagsüber an meine Urgroßeltern und auch an Anne Frank. Meine Gedanken springen zwischen den alten Menschen und dem jungen Mädchen dessen Tagebuch ich so oft gelesen habe, hin und her. Auch an Sophie Scholl denke ich. An Sophie, der sie den Kopf abgehackt haben, weil sie sich ihres eigenen Verstandes bedient hatte. Ausgerechnet den Kopf. In solchen Augenblicken kann ich nicht mehr verstehen, warum ich hierher, und eben auch wirklich *ausgerechnet* nach Deutschland, gekommen bin. Genau kann ich nicht beschreiben wann und wie es anfing, aber das nächste halbe Jahr bin ich noch deprimierter als sonst und schleppe mich nur mit äußerster Disziplin in all meine Seminare. Bei der Lateinprüfung bin ich durchgefallen und auch sonst fiel mir alles so schwer. Die Tage und Nächte zogen sich mit Prüfungsvorbereitungen für meine schriftliche Zwischenprüfung hin. Die Morgen gingen in die Nächte über, und die dumpfen Nächte verschmolzen geradezu unanständig langsam mit den nächsten Tagen. Ich fühlte mich wieder einmal abgeschnitten und vom Leben isoliert.

Aristoteles kam mir in den Sinn. War der Mensch wirklich ein von Natur aus nach Gesellschaft strebendes Wesen?

Nur die täglichen Treffen mit Carl und Jakob in der Mensa vermittelten mir für einige Minuten am Tag ein Gefühl der Zugehörigkeit.

Dann habe ich meine Zwischenprüfung in Philosophie abgeschlossen. Es war geradezu unfassbar kompliziert gewesen Kants *„Kritik der reinen Vernunft"* zu lesen. Ständig hatte ich das Gefühl, man könne das, was er zu sagen hatte, auch einfacher sagen, aber mir wurde dann immer so schwindelig und es gelang mir nicht.

Auch gelang es mir auch nicht, Jakob zu lieben

oder ein zumindest vergleichbares Gefühl für ihn aufzubringen.

Etwas anderes machte sich in mir breit wenn ich an ihn dachte oder ihn sah.

Ich glaube, dass es Neid war. Oder Wut. Vielleicht auch Angst. Irgendetwas dazwischen vielleicht. Es ließ sich nicht greifen. Aber er merkte nichts davon und ich war wenigstens darüber froh. Jakob konnte nichts dafür. Nur Carl konnte ich problemlos um mich haben. Wenngleich es recht schwer war, ihn für etwas zu begeistern.

Manchmal konnte ich ihn nicht einmal dazu überreden aufzustehen, schließlich kam er kaum noch aus dem Bett. Ich hatte Angst um ihn denn er wollte nicht wieder in die Klinik. Sogar Jakob redete auf ihn ein und selbst sein Arzt.

Carl jedoch war schwer umzustimmen.

Er konnte furchtbar stur sein. Und es gab nichts was man dagegen hätte unternehmen können.

In vielen Momenten erschien mir Carl wie ein Spiegel meiner selbst. Nur unerschrockener.

Doch schließlich hörte er dennoch auf uns und ging bis kurz vor Weihnachten in die Klinik.

Ich sah ihn seltener denn wir mussten uns in der Klinik treffen und jedes unserer Treffen wurde zu einer Besonderheit für mich.

Eine Besonderheit und eine Freude inmitten des Strudels aus Angst und Unwohlseins.

Es war unbeschreiblich Carl um mich zu haben und dennoch fühlte ich die Gefahr, in der er sich befand.

Auf eine Art erreichte ich ihn, auf eine andere Art wieder nicht. Manchmal redeten wir kein einziges Wort miteinander. Wir saßen lediglich ruhig da, nebeneinander und Carl berührte nur meine Schulter. Einmal sprach sein Arzt mit mir. Jakob kam und auch Carls Mutter.

Es war manchmal so als könnte keiner von uns Carl noch erreichen und dennoch versuchten wir es weiter.

Doch dann schien sich das Blatt mit einem Mal zu wenden und Carl wurde entlassen.

Jakob und ich holten ihn gemeinsam ab. Wir fuhren mit dem Bus direkt bis zur Seestraße.

Über das Drachentöten redeten wir auch.

Carl sagte plötzlich, dass es egal ist ob man Koch wird, Professor oder aber ob man die Kunst des

Drachentötens erlerne. Der Inhalt kürze sich sowieso am Ende hinaus.

Er meinte dass es nur darauf ankäme das was man tue mit seinem ganzen Herzen zu tun und am Ende sei alles Eins.

Den Rest wollte Carl schließlich zu Fuß gehen. Allein.

Wir sahen ihm lange nach.

„Manchmal denke ich es ist alles so willkürlich, es gibt überhaupt keine Substanz dahinter, es muss willkürlich sein wenn sich der Rest hinauskürzt, dann ist doch alles egal, dann ist nicht alles Eins, sondern dann ist es alles gleichgültig – aber im Sinn von total egal“,
Sagte Jakob ganz unvermittelt in die Stille hinein.
Ich wollte wissen wie er das meinte und wie er ausgerechnet jetzt darauf kam.
„Na ja, weißt Du, diese ganze Sache mit dem Drachentöten.“
Niemals hätte ich gedacht, dass Jakob auch nur einen Gedanken für den Drachentöter erübrigen würde, doch offenbar hatte ich mich geirrt.
Jakob sah mir mein Erstaunen wohl an denn er sagte:
„Weißt du, du weißt echt nichts über mich, Hannah.“

Und an diesem Tag erzählte Jakob mir zum allerersten Mal wirklich etwas über sich.

Über sich und darüber dass er glaubte, dass der Drache so oft seine Gestalt verändert dass man gar nicht weiß wer er eigentlich ist. *„Die Menschen sehen nicht genau hin".*

Und er erzählte von seinem Großvater. Jakobs Großvater, der zunächst einige Jahre Nationalsozialist und in der Partei gewesen war, hatte 1940 erkannt, dass der Drache nicht die Juden waren, nicht Polen und die ganze Welt.

Er hatte erkannt, dass der Drache ein anderer war, nämlich die Handlungsweise und die Gedanken des Nationalsozialismus selbst.

Daher war er in den Widerstand gegangen und wurde so zum weitläufigeren Helfer auf zwei der Anschläge auf Adolf Hitler. Beide Anschläge verfehlten jedoch ihr Ziel. Jakobs Großvater wurde verhaftet und man hätte ihn hingerichtet wenn er nicht durch die Hilfe eines Mitwissers hätte fliehen und einige Zeit im Versteck auf einen Hof bei einem sehr gottes-gläubigen und hilfsbereiten Ehepaar in Schleswig Holstein hätte überleben können.

Nach dem Krieg kehrte er in seine Heimatstadt zurück, die dann zur DDR wurde. Als Widerstandskämpfer gegen die Faschisten wurde er dort sehr geehrt. Zunächst jedenfalls. Bald jedoch begann er dieses Regime ebenfalls zu kritisieren, dann besuchte er Kirchen in denen auch für die Freiheit gebetet wurde und wieder änderte sich der Wind. Er kam dort in Haft und wurde *„zersetzt"*, moralisch und seelisch wie es bei der Stasi üblich gewesen war. Zumindest versuchte man das.

Jakob lernte ihn erst 1989 kennen.

Erst als die Mauer zwischen dem Osten und dem Westen gefallen war. Wieder wurde er geehrt. Diesmal natürlich vom Westen. Doch Jakob war sich sicher, dass das nicht von langer Dauer gewesen wäre. Sein Opa hatte nämlich den Kapitalismus nicht gerade unkritisch gesehen und er hatte schon gleich damit angefangen dies in einem eigenen Buch niederzuschreiben.

Weit kam er nicht denn zwei Jahre nach dem Mauerfall war er bereits nicht mehr am Leben.

Ein anderer Drache hatte sich von innen an ihn herangeschlichen, hatte das Gleichgewicht der Einheit von innen heraus zerstört und ihn im Lauf von 18 Monaten getötet.

Immerhin war es ihm in dieser noch Zeit gelungen ein Manuskript zu verfassen das, passend natürlich, mit einem der berühmtesten Zitate von Rosa Luxembourg eingeleitet wurde und in dem er postulierte, dass sich Geschichte immerzu wiederhole. Mit anderen Gesichtern und anderen Namen. Zuweilen auch mit anderen Ausgängen, aber solange der gemeinsame Nenner nicht erweitert würde, erweitert um die Dimension der Ganzheit, so lange würde sie sich immer wiederholen, verdammt dazu steckenzubleiben auf einem Niveau das der Menschheit im Grunde nicht würdig sei und bestimmt dazu die ewige Wiederholung in sich selbst zu tragen.

Carl wollte den Nenner herauskürzen, Jakobs Großvater wollte ihn erweitern. Auf eine Art hatten beide Recht. So antwortete ich Jakob, dass im Großen nicht alles Eins sein könne, denn was wäre dann mit der Moral? Dann kam mir in den Sinn, dass diese in der Acht-samkeit schon enthalten sein könnte. In dem Fall wäre die Verwirklichung von Moral in diesem Sinn einfach ein anderes Wort für das Drachentöten. Das wiederum versuchte ich Jakob zu erklären. *„Ich meine, es geht ja nicht wirklich um einen Mord beim Drachentöten, nicht wahr?*

Der Drache, er konnte auch eine Krankheit des Denkens sein.

Eine Krankheit, die sich lediglich von Verall-gemeinerungen nährt und durch den Mangel an Achtsamkeit. Überraschenderweise gab er mir Recht. Er meinte dass, vorausgesetzt die Achtsamkeit als solche generiere schon so etwas wie Moral, es dann letztlich tatsächlich nur auf einer Ebene unerheblich sei was man tue.

Nämlich auf der, ob man als Lehrer arbeiten, Schriftsteller werden oder ob man zum Töpfern in die Toskana gehen würde.

Wie er das mit der Toskana gemeint hat war mir zwar nicht ganz klar, ob es irgendein Seitenhieb sein sollte oder eben doch so etwas wie eine Wertung.

Es klang nach einem Klischee mit dem ich nichts anfangen konnte. Doch dann, als ich sein Gesicht ansah wurde mir klar, dass ich ihm zu Unrecht so etwas unterstellt hätte.

Und – es hätte ja dann auch keinen Sinn ergeben.

Dann hätte er den Drachentöter wohl noch nicht einmal im Ansatz begriffen. Zugegeben, das war auch nicht gerade leicht.

Wenn in dem Sinn gleich ist was man tut, dachte ich noch, dann würde ich tatsächlich gerne so etwas wie eine Schriftstellerin werden. Und selbst wenn dann niemand meine Bücher lesen wollte, weil sie zu spröde, deprimierend wären oder zu wenig lebendig, selbst dann wäre es gleich. Solange ich es nur aus ganzem Herzen tun würde. So wie der Großvater von Jakob.

Die Ärzte hatten Jakobs Großvater nach der Diagnose damals noch etwa sechs, höchstens acht Wochen verbleibende Lebenszeit vorausgesagt und selbst hier war wohl sein ihm innewohnender Widerstand erwacht und hatte diese Zeit vervielfältigt.

„Verstehst du?", wollte Jakob abschließend wissen. *„Alle diese vielen Menschen, all diese Regierungen, ihre Ideologien…- irgendwie dachten sie wohl jeweils, dass sie die Guten waren, die Drachentöter, die, die wussten worauf es ankam.* Er zündete sich eine Zigarette an und fuhr fort. *„Und im Namen dieser ihrer vermeintlichen Gewissheit verübten sie ein Verbrechen nach dem anderen, einen Mord nach dem anderen, ein Unrecht nach dem anderen. Wäre es also nicht besser dem Drachentöter erst einmal zu erklären wie man einen Drachen findet, einen wirklichen Drachen und nicht den, den man dafür hält so wie den Juden, den Polen, den Klassen-feind, den Kommunisten?"*

Jakob sah plötzlich ganz erschöpft aus und ich dachte mir, dass ich in noch nie so lange am Stück reden gehört hatte. Und noch niemals so ernsthaft.

„Ja, aber das ist es doch gerade" bekräftigte ich.

„Das ist doch genau was ich meine – und eben auch in Bezug auf diese Dinge. Selbst wenn sie sich im Recht wähnten." Jakob dachte kurz nach. *„Du meinst, das genaue Hinsehen, das Nachdenken hätte sie vielleicht doch auch gerade hier die Versuchung der Gewissheit unterlaufen?"*

Ich nickte. Und während er noch redete dachte ich, dass es richtig klang was er da sagte.

In der Tat. Den Drachen überhaupt erst einmal zu erkennen, der sich manchmal nur durch zunächst harmlos erscheinende, schiere Gedankenlosigkeit und ein zu flaches Denken äußerte dürfte der schwerste Part an der Arbeit eines Drachentöters sein.

Mit Abstand der schwerste Part. Und nun wusste ich, warum ich die Philosophie gewählt hatte für mein Studium.

Die Übung des Denkens und des Diskurses als eine weitere Übung die ein Drachentöter neuerdings ganz unbedingt erlernen musste.

Zumindest ein Drachentöter, der in Deutschland ausgebildet werden sollte. Der Drache – ist er das Trennende an sich? Der Zweifel, das Verzweifelte? Nicht der Zweifel an sich. Dieser ist immer der *Versuchung der Gewissheit*, wie Jakob es nannte, vorzuziehen. Der intellektuelle Zweifel ist damit nicht gemeint. Nein, *den* Zweifel meine ich, der die Einheit, die letztliche Einheit aller Dinge zerstreuen möchte.

Die Einheit auch in der Uneinigkeit doch mit der Basis der grundsätzlichen Einheit aller Dinge, alles Seins, aller Menschen. Ist der Drache das Sinnbild für all das was die Menschen voneinander trennt?

Das was den Menschen von sich selbst entzweit. Von sich selbst und vom anderen indem es den Blick verstellt, den tiefen Gedanken auszumerzen versucht ist und letztlich nur noch den blinden, den boshaften Blick auf den anderen zulässt.

Den blinden, den alles entstellenden Blick.

Den Blick der dem anderen sein Menschsein nehmen soll, dem Blick der Würde aberkennt oder unbedingtes Lebensrecht. Es ist der ungeduldige Blick, der herzlose und der aus dem Takt gekommene Blick. Es ist der Blick dessen der vor dem Leben an sich keine

Achtung mehr hat. Es ist der Blick der sich auf das Trennende fixiert und nicht mehr in der Lage ist das Gesamte, das Heile, die ruhige Einheit und den tiefen Gedanken, das kritische Denken zu erfassen. Es macht aus den Menschen Wesen die zwar „Heil" schreien - wie in „Heil Hitler" aber unheilvoll.

Kann es doch kein Heil geben bei einem Spalter, einem Mörder bei einem der die Einheit so grundlegend zerstörte dass die Nachbeben seiner unendlichen Gewalt und der amoralischen Gedankenlosigkeit seiner Anhänger noch bis in die heutige Zeit deutlich wahrnehmbar sind. Ja, Geduld braucht es wohl und dann, zum Schluss braucht es den Mut.

Den Mut des Drachentötens der auf eine andere Weise tötet als es zunächst den Anschein haben mag. Er tötet nicht in erster Linie. Vielmehr widerlegt er. Und er entwirft gangbare Wege die sich mit den Grundlagen einer allgemeinen Ethik verbinden lassen können. Verbinden, nicht trennen. Dann dachte ich mir noch, dass ich mich öfter mit Jakob und Carl gemeinsam unterhalten sollte. Es kamen interessante Ideen dabei heraus und die konnte ich momentan wirklich gut brauchen. Denn so insgesamt fühlte es sich derzeit nicht gut an, das Leben. Und mir war gerade nicht klar, wie sich daran etwas ändern ließe.

Kapitel 16

Die allergrößte Freude seit langem war für mich das lange Treffen mit Carl auf dem Kon-stanzer Weihnachtsmarkt. Ihn außerhalb der Klinik zu sehen war unfassbar schön, es erschien mir wie ein Versprechen, dass mit Carl nun alles gut werden würde.

Carl war die ganze Zeit von einer Aura eigenartiger Feierlichkeit umgeben

Ich habe ihm extra ein paar warme Wollhandschuhe gekauft, damit er seine Klavierspielerhände vor der Kälte schützen kann.

Ein paar Mal nahm er mich in den Arm und drückte mich so fest wie früher nur Eli, mein wunder-barer kleiner Bruder.

Beim Abschied drehte er sich noch einmal zu mir um. Es war ein wahrhaft bezaubernder und ganz besonderer Abend.

Der letzte, den ich mit Carl verbracht habe.

Drei Tage nach Weihnachten lag Carl tot in seiner Wohnung auf dem Boden neben seinem Bett.

Neben ihm sein Bild von der Seestraße.

„Der Drache hat meine Träume nicht getötet"

Stand darauf. Darunter ganz groß: CARL. Sein Name, aufgefächert über die halbe Seite, wie das Gefieder eines Vogels oder wie eine Mahnung ihn nicht zu vergessen.

Es gab keinen Hinweis auf die Todesursache was die Spekulationen anheizte.

Als wäre irgendjemandem damit geholfen. Und ich traute mich nicht einmal Jakob zu sagen, dass ich glaube, dass Carl beim Versuch ums Leben kam, luzide zu träumen. Ich erinnerte mich noch deutlich daran, wie ich mich auf der Fähre von Meersburg zurück von oben gesehen hatte, wie überwältigend schön es war und wie schwer es mir erschienen war, wieder in meinen Körper zurückzufinden.

Dabei war ich doch gar nicht einmal so weit weg gewesen. Carls Reisen waren viel länger gewesen. Länger und unberechenbarer. Lange schon hatte ich den Eindruck, dass er nicht mehr wirklich zuhause gewesen war in diesem seinem Körper. Und das erklärt vielleicht, warum seine letzte Reise so endete.

Er hat wohl einfach nicht mehr zurückgefunden. Der alles zersetzende Drache der ihn, wie er es immer so sehr befürchtet hatte, innerlich zertrennen wollte - er hat es am Ende nicht bewerkstelligt. Ich besuchte ihn auf dem Friedhof und ich besuchte ihn in meinen Gedanken. Wenngleich mir sein Tod zuweilen wie eine abscheuliche, bizarre Un-wirklichkeit erschien so war ich mir doch darüber im Klaren, dass ich ihn niemals würde vergessen können und dass ich ihn, was noch wichtiger war, niemals würde ver-gessen wollen. Untrennbar gehörte er zu meinem Sein.

Ich konnte nicht anders als mich ständig fragen, ob ich ihm nicht hätte helfen können.

Kapitel 17

Regelmäßig lief ich über den Friedhof wenn ich Carl nahe sein wollte. Die Ruhe auf dem Friedhof nutzte ich um mir die vielschichtige Geschichte vom chinesischen Drachentöter wieder und wieder durchzulesen. Ich fühlte, ich fühlte es genau, dass der Drachentöter mit mir zu tun hat. Mit mir, mit Carl, mit Jakob, mit meinen Fragen und einfach mit allem. Ich saß meistens auf dieser Bank, die ich entdeckt habe, gegenüber einem Grab in dem ein Junge liegt der Eli hieß. Eli, so wie mein Bruder. Hier saß ich nun oft und dachte nach oder ich las. Ein Buch des großen Philosophen Viktor E. Frankl faszinierte mich ganz besonders. *„Von der Trotzmacht des Geistes"* hieß es. Die Trotzmacht des Geistes. Das gefällt mir. Sehr sogar. Und der Titel weckt einen Wunsch in mir. Einen Wunsch, der sich auf diese Trotzmacht bezieht. Sehr sogar. Ich wünschte nämlich, ich hätte sie auch.

Kapitel 18

Gestern setzte sich eine zierliche blonde Frau neben mich.

Sie sah genauso aus wie die Frau von der Seestraße, die dort immer mit großer Geduld Steine zu riesigen Gebilden aufschichtet. In der Hand hielt sie eine Kette mit einem kleinen, silbernen Stern daran, der in der Mitte mit einem blauen Steinchen verziert war. *„Gehört der dir?"* Wollte sie wissen. Ich schüttelte den Kopf.

„Er lag dort unten auf dem Boden".

Ihr Gesicht gefiel mir. Vielleicht war es kein Zufall, dass sie sich zu mir gesetzt hat. Denn was im Innersten miteinander verwandt ist das sucht einander. Das hat mir Roth beigebracht.

Er wiederum hat das von den Chinesen.

Beim Aufstehen drückte sie mir den Stern mit der Kette in die Hand. *„Bitte nimm ihn doch".*

Ich weiß nicht warum, aber ich nahm ihn. Das Silber war schon etwas angelaufen. Normalerweise hätte ich ihn nicht genommen, doch, ich kann nicht erklären warum- es kam mir jedoch so vor, als sei dies nur mein Stern, und niemand außer mir sollte ihn bei sich tragen. Unsere Hände berührten sich kurz. Ihre Finger waren weiß und schmal wie die Finger einer Klaviervirtuosin, die gerade in Stück von Chopin gespielt hatte. Sie waren kühl und warm zugleich.

In der anderen Hand hielt sie das Buch der Wandlungen.

Den ganzen restlichen Tag musste ich an sie denken. Das Buch der Wandlungen.

Offenbar handelte es sich bei ihr um eine Kennerin der chinesischen Philosophie.

Und zum ersten Mal in meinem Leben hatte ich ein Geschenk angenommen.

Es hat mir nichts ausgemacht. Ganz im Gegenteil.

Kapitel 19

Abends saß Jakob neben mir, schwärmt mir von dem Leonard Cohen Konzert in Zürich vor und zerwühlte mir das Haar.

Er sagte mir, wie schön ich sei, und dass er mit mir zu dem Konzert gehen möchte, aber ich bin mir noch nicht sicher.

Plötzlich kam es mir so vor, als würde ich ihn bald verlassen. War das möglich?

Um meine Gedanken zu ordnen, ging ich am See entlang. Auf eine Art war es unheimlich, wenn die Seestraße leer ist. Man hört die Möwen, die Bäume bewegen sich nicht und man kann die Berge sehen, himmelblau mit Schnee drauf und darüber eine vage, bereits verblasste Erinnerung an die Morgenröte.

Ein alter Cohen-Text geisterte in meinem Kopf umher. *I stepped into an Avalanche, it covered up my soul…*

Es faszinierte mich, wie sehr Cohens Texte das ausdrückten was sich in mir selbst abspielte.

Er ist ein Genie, daran kann es einfach keinen Zweifel geben. Auch wenn seine Stimme ebenso duster und brüchig klingt wie ich selbst mich fühle.

Oder vielleicht auch gerade deswegen. Wer weiß das schon.

Dann sah ich nach der Frau mit den Steinen. Doch sie war nicht da. Auf dem Cohen-Konzert war ich alleine, das heißt ohne Jakob.

Die Stimmung dort war beinahe sakral. Ich hätte sie nicht mit Jakob teilen mögen.

Cohen sang für mich und für Carl. Es war das erste Mal, dass ich wieder in der Schweiz war. Ich schickte meinen Eltern eine Postkarte. Das könnte ein erster Schritt sein.

Für mich und meine Eltern, meine ich. Nicht für mich und Jakob.

Er nahm mir das mit dem Konzert übel. Und wenn ich ehrlich bin kann ich ihn sogar verstehen. *„Like a bird on the wire I have tried in my way to be free I have torn everyone to reach out for me."*

Das fasst mein Leben auf den Punkt zusammen. Immerhin, jedoch, habe ich meine wunderbaren Bücher. All meine Bücher.

Bücher sind so überaus klug. Meistens sind sie sogar klüger, viel klüger, als die Menschen, die sie geschrieben haben.

Kapitel 20

Mit dem Rad fuhr ich nun häufig zum Friedhof.

Auf der Bank dort lese ich. Immer wieder hielt ich Ausschau nach der Frau von neulich.

Aber ich konnte sie einfach nirgends entdecken.

Ihren Anhänger samt Kette hielt ich in der Hand wie ein Heiligtum.

Ich nenne ihn *„Elis Stern"* denn er lag ja auf der Erde vor seinem Grab.

Wenn er nicht aus Silber gewesen wäre und wenn es nicht so pathetisch wäre dann hätte ich geschworen, er sei vom Himmel gefallen.

Jakob habe ich abends erneut den *„Drachentöter"* vorgelesen, weil ich für uns beide hoffte, dass wir endlich die Antwort finden könnten.

Wir tranken Kaffee, rauchten und ich fand, dass er heute besonders geduldig und ruhig wirkte.

Ich erzählte ihm daher auch von den Chinesen, die Wanderlehrer waren und an Fürstenhöfen versuchten ihr Wissen an den Mann zu bringen.

Das war das Programm wie man die Welt, welche am Untergehen ist, da sie *„wu dao"* also *„ohne Ordnung"* ist, wie Roth oft sagt, retten könnte durch eine Rückkehr zu der Menschlichkeit, und wie man das verloren gegangene Herz durch Lernen wieder findet. *„Wie du wohl dein Herz wieder finden wirst?"*, flüstert er und küsst mich auf den Mund. Das würde ich tatsächlich auch gerne wissen! *„Zum Geburtstag würde ich mir nichts anderes von dir wünschen als dein Herz"*, sagte er und, wie immer, lachte er. Doch er verwendet den Begriff falsch. Die Chinesen sahen darin eher die Bildung von Gewissen. Andererseits spielte das jetzt ja auch wirklich keine Rolle. Sein Lachen war anders als sonst. Ich wusste auch, warum. Daher lache ich nicht mit. Zu genau war mir klar, dass sich dieser Wunsch nicht so für ihn erfüllen wird. Nicht so. Und an seinem merkwürdigen Lachen erkannte ich, dass Jakob das auch wusste. In dieser Nacht zerbrach ich mir den Kopf denn ich brauchte ein anderes Geschenk für ihn. Am Abend nach seinem Geburtstag veranstaltete Jakob ein Essen für mich. Er hatte einen Zug von Selbstverachtung um den Mund, während er sich die Spaghetti um die Gabel wickelte. Wieder ging es um meinen Intellekt und darum, dass ich, was die Bildung betrifft, privilegiert sei. Das alte, leidige Thema. Dabei ist Jakob keineswegs zu dumm oder ungeschickt, um in einem ausgewogenen Verhältnis von Fähigkeit und Leistung nützliche Arbeit zu tun. Zumindest sagte ich ihm das. Ich weiß nicht warum, aber ich wollte ihn damit ärgern. Warum begreift er nicht, dass er etwas viel Wertvolleres besitzt als ich? Ich würde gerne mit ihm tauschen. Doch dann denke ich darüber nach, dass man so etwas niemals leichtfertig wünschen darf.

Der Abend endete in unserem bisher heftigsten Streit.

Am nächsten Morgen war Jakob nicht da. Er kam auch die ganze nächste Woche nicht nach Hause und ich höre fast ununterbrochen Bob Dylan. Es beruhigt mich. Dylan hat manchmal so etwas Monotones. Zum ersten Mal seit vielen Jahren malte ich ein Bild. Ich nannte es: „Collage des Lebens".

Ich malte es zu Dylans Musik. Vergangenheit, dann Gegenwart und Zukunft, Schweres und Leichtes, Wichtiges und Unwichtiges, Gegensätze aller Art: Alles befand sich nebeneinander und änderte sich dennoch ständig - wie bei einem Mosaik. Und ich hatte den Eindruck, dass alles so war, ganz genauso.

Kapitel 21

Auf den jüdischen Friedhof bin ich weiterhin gegangen. Einmal habe ich die zierliche Frau dort von weitem gesehen.

Ich war aufgeregt als ich sie sah.

Aber ich bin nicht hingegangen denn ich hatte Angst davor, aufdringlich zu wirken.

Wieder einmal. Ich traue mich nie nahe heran. Sie pflegte jüdische Gräber. Als ich zu ihr hinsah, winkte sie mich mit einer leichten Drehung des Kopfes zu sich hin.

„Es existiert für mich außerhalb von Sprache, das heißt ich kann es nur durch Handlungen ausdrücken. Ich kann ausdrücken was ich fühle wenn ich dieses Grab pflege. Ich weiß, es ist schwer zu verstehen. Aber all das was passiert ist entzieht sich ohnehin dem Verständnis." Ich sah ihre schöne Hand, die da in der Erde arbeitete und versuchte mit dieser Geste etwas zu ändern. „Kann man mit einer Geste etwas ändern"? Will ich wissen. „Nur mit Gesten wird überhaupt jemals etwas verändert", antwortete sie, und sah mich dabei an. „Auch das ist eine Geste", dachte ich mir. „Irgendwie zumindest". „Sie sieht mich an". „Gesten, Symbole…ich weiß nicht warum, aber es entwickelt eine große Kraft für mich". Ich nickte.

Auf eine Art konnte ich sie plötzlich sehr gut verstehen. Sie nahm einen der kleinen Steine, die von dem großen Grabstein auf die Erde gerollt war, und legte ihn behutsam zurück an seinen Platz. Ihre Hand berührte ihn vorsichtig, so als sei er ein empfindliches Organ.

In diesem Moment verstand ich sie vollkommen. Ich setzte mich neben sie, nahm ebenfalls einen Stein und legte ihn, genau wie sie, zurück auf den großen Stein.

Ich denke dass es hier war wo es begann, unser rituelles Aufschichten der Steine. Später allerdings..

Eine Woche nach dem Streit mit Jakob sondiere ich die Zimmerangebote an der Uni. Ich drücke mich an Ulrich, dem Rechtsbewahrer, vorbei.

Der schimpfte in widerwärtiger Lautheit vor sich hin. Es war schwer ihn zu ignorieren, aber diesmal schaffte ich es. Meine Konzentration war gebündelt und sie führte mich weg von ihm. Ein Zettel sprach mich besonders an. Er hing unauffällig, dezentral am schwarzen Brett.

Mit Edding stand eine Telefonnummer drauf.

Ich rief an und bin am nächsten Tag zum Treff der Bewerber vorgeladen. Das Wohnzimmer roch nach Holz, es gab sechs Zimmer im sechsten Stock.

Ich wusste gleich, dass ich hier bleiben wollte. Acht oder neun Leute waren da. Wir belauerten uns gegenseitig voller Argwohn und Misstrauen und ich befürchtete ernsthaft, dass ich dieses WG- Zimmer bestimmt nicht bekommen würde. In Konstanz gab es traditionsgemäß schon immer zu wenig Zimmer. Wir saßen im Kreis und ich dachte, dass ich das Zimmer bestimmt nicht bekommen würde. Aber ich wies darauf hin, dass ich jedem das I Ging machen würde, wenn ich das Zimmer bekäme. Noch am gleichen Tag habe ich das Zimmer bekommen.

Später habe ich mein Versprechen eingelöst und allen das I Ging gemacht.

Doch genützt hat mir auch das nichts. Wir alle leiden unter dem bleiernen Saturn als Geburts-bestimmer im Aszendenten, die ganze WG, sogar das ganze Haus, wie ich vermute. Wir haben auch in allem ganz feste Regeln und es ist sehr ordentlich bei uns. Manchmal befürchte ich, einen Putzfimmel wie meine Cousine Tamar zu bekommen. Das kann zum Lebensinhalt werden.

Ohne Jakob fühlte ich mich überraschenderweise verunsicherter, als ich es jemals angenommen hätte. Es machte mir sogar zunehmend Mühe mich an der Uni einigermaßen elegant an Ulrich vorbeizudrücken. Sein Hass auf die Welt schien im Lauf der Zeit noch zugenommen zu haben. Was war sein Anteil im großen Muster? Mir fiel keine Antwort ein.

Mittlerweile begleiteten ihn einige seiner Anhänger nun auch tagsüber.

Sie saßen auf den Heizungen und lästerten über jeden der an ihnen vorbei lief. Jetzt, wo Jakob nicht bei mir war, fühlte ich mich dem viel ausgelieferter als sonst.

Die Fragen tauchten nun wieder stärker in mir auf, die Deutschen erschienen mir nun wieder als eine Masse, deren Individualität - für mich zumindest- nicht mehr vorhanden war. Die Masse, die Deutschen: wann entschieden sie sich gegen ihre Menschlichkeit, gegen ihr Gewissen, gegen ihre Vernunft.

Wann entschieden sie sich gegen Anne Frank, Sophie Scholl, Janusz Korczak... gegen all jene, die ich so gerne gekannt hätte. Niemand kann diese Fragen beantworten.

Es wird niemals eine wirkliche Antwort darauf geben.

Und selbst wenn es schon damals in Deutschland kritische Stimmen gegeben hat.

An Entschlossenheit hat es ihnen zumeist gefehlt:

An Entschlossenheit und Mut.

Es fehlte den meisten an einem Mut wie ihn jene, die ich gerne gekannt hätte, bewiesen haben.

Ich muss meine Frage also anders stellen: *Ist so eine Entschlossenheit erlernbar?*

Ist die Kraft zum Widerstand erlernbar?

Ich hoffe es. Ich hoffe es auch für mich.

In dieser Woche mache ich einen erheblichen Umweg, um nicht an Ulrich und seinen Anhängern vorbeilaufen zu müssen.

Ich finde ihn so unerhört abstoßend und es ist mehr als ich derzeit ertragen könnte.

Aber ich gelobe mir selbst, ihm eines Tages mutig entgegen zu gehen.

Bis dahin muss ich mich aber um meine mündliche Prüfung kümmern.

Kapitel 22

Neben Roth wird ausgerechnet Wittenberg, Jakobs großes Vorbild, mein Prüfer werden.

Und es gibt nichts was ich daran ändern könnte. Während meiner verzweifelten, endlosen Vorbereitungen über den Drachentöter träumte ich nachts ausgerechnet von Wittenberg:

„Der Gebrauch von Metaphern ist Ausdruck eines fehlerhaften und vernebelten Denkens. Metaphern brauchen die, die nicht viel Verstand besitzen und die Wahrheit in Bildern ausdrücken müssen." maßregelt er mich.

Da scheint er ja einer Meinung mit dem Amerikaner Blake zu sein, der seinerseits sogar in altem Englisch ein neues Gebot aufgestellt hat:*„Thou shalt not commit metaphors. "* Ich wachte abrupt auf, machte das Licht an um diese ungebetenen Geister zu vertreiben und stellte mir vor, wie sich Blake und Wittenberg die Hand schütteln und sich gegenseitig Kronen aufsetzten.

War das schon wieder eine Metapher? Was konnte ich dagegen schon ausrichten? Erschöpft knipste ich das Licht aus.

Kapitel 23

Als ich wegen der letzten Vorbesprechung auf dem Weg zu Roth war, sah ich Jakob neben dem Eingang zur Bibliothek von weitem und mache einen Bogen um ihn.

Mein Herz setzt für einen Moment aus, denn ich vermisste seine Nähe.

Auch er sah unglücklich aus.

Zumindest wirkte es so.

Und dann kam es mir auch noch so vor, als würde er mich absichtlich ignorieren.

Ein jäher, heftiger Schmerz durchfuhr mich bei dieser Vorstellung.

Ist es möglich, dass ich nun auch Jakob ganz von mir wegetrieben habe?

Als ich Ulrich vor der Treppe sitzen sah, nahm ich den Aufzug.

Roth schlurfte in den letzten Tagen sichtlich deprimiert durch den Eingangs-bereich der Universität. Wahrscheinlich hat er sich wieder mal mit der Fachbereichleiterin angelegt.

Vermutlich hat er den Kampf verloren.

Warum lernt er nie dazu? Einen Kampf mit der Fachsbereichsleiterin hat bisher noch niemand gewonnen.

War das von Roth am Ende nur ein Akt der Selbstzerfleischung gewesen?

Das passt zu meiner eigenen Stimmung.

Ich habe Angst. Angst vor dem Leben, Angst vor der Vergangenheit, Angst vor der Gegenwart, Angst vor der Zukunft und ich weiß noch immer nicht, wo ich hingehöre und was ich eigentlich tun möchte.

Wer wird mich brauchen?

Meine Cohen-CD kann ich gerade auch nicht hören.

Sie erinnert mich zu stark an das Traurige im Leben.

Dann wieder die Tiefe und Brüchigkeit seiner Stimme…

Und selbst Dylan deprimiert mich. So etwas ist mir noch nie passiert.

Leo immerhin leistet mir treu Gesellschaft. Aber diesmal schnurrt er nicht.

Leo ist konsequent. Das bewundere ich an ihm.

Nach wie vor schnurrt Leo nur bei Cohen.

Die Stille breitete sich in mir aus.

Kapitel 24

In der Nacht, in der die Stille die Überhand bekam habe ich beschlossen, nicht zu meiner Prüfung anzutreten. Gestern ist mir die kleine Eulenfigur vom Flohmarkt heruntergefallen und in zwei Teile gebrochen, wenn das nicht alles aussagt. Diesmal lese ich die Daoisten ganz anders, denn nach so vielen Jahren Studium frage ich mich ernsthaft, ob das alles überhaupt einen Wert hatte. Meine Klausur ist mit *„sehr gut"* bewertet und trotzdem fühle ich mich so furchtbar leer, dass ich beschließe, nicht mehr zur mündlichen Prüfung anzutreten.

Es ist sowieso alles sinnlos, das Leben, der Tod, und ich habe es gerade noch rechtzeitig gemerkt.

Mittags lief Ulrich wichtigtuerisch im Unibereich herum und verkündete allen den Weltuntergang.

Bisher hatte mich eigentlich nichts dazu veranlasst ihm irgendetwas zu glauben.

Doch ausgerechnet diesmal erschien mir seine Vorhersage absurderweise durchaus realistisch zu sein. Alles an ihm wirkte überzeugend, selbst das irre Blitzen seiner Augen. Eine Cassini-Rakete mit 38,2 Kilogramm Plutonium soll angeblich auf ihrem Weg zum Saturn Mond Titan die Erde im Abstand von etwa 300 Kilometern mehrfach umrunden.

Das stellt selbstverständlich ein riesiges, letztlich gänzlich unkalkulierbares, durchaus letales Risiko dar. Wahrscheinlich werden wir diesen Sommer also alle sterben. Noch ein Grund mehr die verbleibenden Tage meines Lebens nicht mit Prüfungsvorbereitungen zu verbringen.

Ich lege meine Bücher vor die Haustür. Soll sie sich nehmen wer mag, mich haben sie lange genug vom Leben aus erster Hand abgehalten.

Immerhin habe ich in letzter Sekunde noch zum wahren, zum gelebten Daoismus gefunden!

Es ist sowieso alles sinnlos, das Leben, der Tod, der Traum, und ich habe es gerade noch rechtzeitig gemerkt. Das I Ging befrage ich lieber nicht.

Draußen, vor der Tür prügelt sich ein Stadtstreicher mit ein paar Kindern um meine Bücher, doch ich denke nicht, dass es ihnen wirklich um die Bücher geht. Andererseits ist es dennoch besser als hätte niemand auch nur eines meiner Bücher gewollt. Trotzdem fühlte ich mich leer. Und Jakob vermisste ich auch.

Kapitel 25

Kurz vor dem diesjährigen Seenachtsfest kam er mich überraschend besuchen.

Er entriss mich der Stille ein wenig. Der inneren und der äußeren.

Wir hören den ganzen Nachmittag Musik und diskutieren angeregt darüber, ob Leonard Cohens Sprechgesang absichtlich düster klingt oder nicht.

Als ich die Cohen-Platte noch mal anschaltete, drücke ich bei der CD auf die Nummer sieben. *Lover, Lover, Lover…*

Jakob ging nicht darauf ein, aber ich sang im Geist trotzdem mit. Cohen breitete sich schwermütig und tief im Raum aus.

Ich beobachtete Jakob, der sich eine Zigarette drehte.

Yes and lover, lover, lover, lover, lover, lover, lover come back to me, yes and lover, lover, lover, lover, lover, lover, lover come back to me.

Beim Refrain suchten meine Augen die seinen. Doch er wich mir aus.

Vorsichtig streichelte das weiche, warme Fell des

heute besonders widerwilligen Leo. Er wand sich aus meinen Händen, was sonst gar nicht zu ihm passte. Vermutlich spürte er meine Nervosität.

Sein Widerwille passte zu meinem und so sah ich Jakob für den Rest des Abends nicht mehr an.

Er wird wohl nicht zu mir zurückkommen. Alev kam mir in den Sinn.

Die schöne Türkin, die in Formaler Logik neben Jakob saß, und die ich seither oft in seiner Nähe gesehen hatte.

Erst neulich saßen sie ganz nah nebeneinander in der Bibliothek und danach hatte ich sie in Richtung See laufen sehen.

Ich kann nicht sagen warum, doch sie schienen vertraut miteinander zu sein.

Ein plötzlicher Anfall von Eifersucht schnürte mir die Kehle zu und gleichzeitig wusste ich, dass sie nichts dafür konnte.

Alev, meine ich. Das mit Jakob hatte ich ganz allein an die Wand gefahren.

Ganz allein und ohne überhaupt zu wissen warum eigentlich.

Kapitel 26

Nachts wache ich nun häufig auf. Fast habe ich mich an die Schwere gewöhnt, doch in dieser Nacht wurde meine Trauer noch erdrückender. Ich konnte noch nicht einmal mehr Musik hören. War es Carl zum Schluss auch so gegangen? Mit der Musik die er sonst immer so geliebt hatte?

Es war der dunkelste Augenblick seit langem, auch das Atmen fiel mir schwer. Wie immer, wenn ich mich beruhigen wollte, hielt ich den Silberstern fest in meiner Hand.

Der Schlaf erlöst mich schließlich. Ich träumte von der blonden Frau, die mir den Stern gegeben hatte. Sie sprach zu mir und sagte etwas, dass ich nicht verstand.

Im Traum fragte ich sie wieder und wieder. Die Frau bewegte ihre Lippen, und ich verstand sie nicht.

Schließlich nahm sie meine Hand und führte mich durch den Hades, eine Konstanzer Diskothek.

Dort wartete der Tod auf uns.

Sie gab mir zu verstehen, dass ich durch den Tod hindurchgehen müsste und zog mich mit sich.

Erst dachte ich, dass ich das nicht überleben würde. Doch dann setze ich mich im Bett auf. In der Hand hielt ich noch immer die Kette mit dem Anhänger. Mit Elis Stern.

Der Anhänger, die Kette, die Frau vom Friedhof. Ich weiß nicht warum, aber durch sie fühlte ich mich in diesem unfassbaren Augenblick mit allem verbunden. Das Loch in meinem Bauch war für den Bruchteil einer Sekunde ein winziges Stückchen zusammengewachsen. Etwas gab mir inmitten des Strudels aus Tod und Entsetzen Halt. Ich glaube, dass es diese Frau war.

Sie hatte es geschafft: Ich saß, den Gesetzen der Logik widersprechend, Rücken an Rücken mit mir selbst.

In dieser merkwürdigen Nacht beschloss ich, sie Daniela zu nennen.

Der Name erschien mir passend, da ihr Mut an den von Daniel in der Löwengrube heranreichte und da ich sie mir so vorstellte wie die Daniela aus dem Manuskript meines Vaters.

Es schien mir der einzig angemessene Name für sie zu sein.

Und ich wusste nun auch mit Sicherheit, dass sie auch jene war, die an der Seestraße die Steine aufschichtete.

Erklären kann ich es nicht, aber dieser Gedanke erzeugte eine erleichternde Ruhe in mir.

Mit dieser Ruhe ging ich am nächsten Tag sogar an Alev vorbei, die auf einer der Heizungen im Eingangsbereich der Uni saß.

Sie winkte mich freundlich her und mit einem Mal saß ich neben ihr und fühlte mich unbedeutend.

Bei ihrer Schönheit war es ja kein Wunder, dass Jakob keinen Gedanken mehr an mich verschwendete.

Ich war mir nun nicht mehr sicher ob ich sie hassen sollte oder nicht.

Vielleicht hatte ich ja einen Grund, andererseits dann auch wieder nicht.

Vor allem aber machte sie es einem schwer sie zu hassen.

Sie hatte diese Offenheit in sich, etwas, das echt wirkte und ansteckend in einem guten Sinn.

Um nicht über Jakob sprechen zu müssen fragte ich sie, ob sie eigentlich gläubig sei.

Etwas Besseres fiel mir in dem Augenblick einfach nicht ein.

„Nicht streng nach dem Buch, aber ja. Unbedingt", antwortete sie ohne auch nur eine Minute darüber nachzudenken.

„Und du?", fragte sie dann, ebenfalls ohne Zeit zu verlieren zurück.

„Dasselbe", sagte ich nur, und dann dachte ich, dass das etwas war, was wir alle gemeinsam hatten.

Sie, ich und auch Jakob.

Plötzlich erschien es mir viel zu anstrengend sie zu hassen und wir tranken einen Kaffee zusammen.

Mit Blick auf die Mainau. Das ist der Vorteil wenn man am Bodensee studiert,

Ulrich lief wieder vorbei, doch diesmal störte es mich nicht. Vielleicht deswegen, weil ich nicht allein dort saß. Alev war immerhin da. Es mag merkwürdig klingen, doch das machte tatsächlich etwas aus. *„Hör mal"*, sagte sie zum Schluss. *„Da ist nichts mit mir und Jakob, überhaupt nichts"* Ich weiß nicht warum sie das sagte, doch es freute mich.

Kapitel 27

Die Welt ist doch nicht untergegangen, und zwei Wochen vor den Semesterferien trat ich tatsächlich zur mündlichen Prüfung an. Da saß ich also mit einem Drücken im Hals auf dem Stuhl vor dem Zimmer von Wittenberg, ratlos und sah auf den Boden. Roth, Wittenberg und Zeis von der Erkenntnistheorie waren meine Prüfer.

Der Inhalt meiner Rede war mir in einigen Teilen entfallen. Ich erinnerte mich aber noch an meine Interpretation des Drachentöters: Das Studium kann als Geduldsübung verstanden werden, und auch das Drachentöten ist eine solche Disziplin, und *„wie die Chinesen schon wussten: wenn man es erreicht hat, ist alles Eins"*. Ich glaubte nicht wirklich an das, was ich da sagte, also zumindest nicht uneingeschränkt. Nur weil dem Drachentöter nie ein Drache begegnet ist, fand ich, konnte man diese Ableitung nämlich nicht zwingend vornehmen.

Doch immerhin: solange das Studium der Bildung dient und die Bildung dem Wiederfinden des verlorengegangenen Herzens waren solche Spitzfindigkeiten nicht von Belang.

Allerdings war ich zu erschöpft um nicht zu sagen,

was ich wirklich dachte, und so teilte ich meinen Prüfern den gewagten Zweifel mit: dass der Drachentöter, so gebildet er am Ende seiner Ausbildung auch gewesen sein mag, nur nicht genau genug hingesehen hat. Deshalb konnte er den Drachen nicht sehen. Ein Drache kann nämlich ständig seine Gestalt verändern, das habe ich von Jakob gelernt. So kann er sogar die Bildung selbst vorschieben und mit klug gesetzten Worten Wahrheiten verwischen. Wahrheiten und die Stimme des Gewissens. Ein wahrer Drachentöter muss daher besonders achtsam sein. Achtsam und auf der Hut. Jedes Wort muss er abwiegen und abwägen, jeden Gedanken selbst überdenken und besonders vorsichtig muss er vor allem dann sein wenn er glaubt, gar keinen Drachen zu sehen.

Geduldsübung hin- oder her. Oder aber erlernt man die Achtsamkeit durch die Geduld? Die Chinesen wussten sicherlich, was sie taten als sie ihn ausbildeten in den langen Jahren, ihren Drachentöter. Dann kamen wir von der östlichen zur westlichen Philosophie. Ich musste einen westlichen Bildungsbegriff interpretieren. Das war leicht. Bildung ist vor allem nach Humboldt, mehr als Wissen; man könnte viel eher sagen, dass Wissen eines der

Werkzeuge von Bildung ist. Bildung, die Gewissensbildung kam mir in den Sinn und das verloren gegangene Herz.

Und dann kam ich, es musste einfach sein, wieder auf die Chinesen zu sprechen.

Mit fast schon schlafwandlerischer, unbezweifelbaren Sicherheit verknüpfte ich all das, was mir bis dahin getrennt gewesen zu sein schien. Doch eine Trennung behielt ich bei. Das war die zwischen der Existenz und der Abwesenheit von Gewissen. Der Inhalt dieses letzten Teils meiner Rede ist mir jedoch vollkommen entfallen. Schlecht konnte sie aber nicht gewesen sein. Wittenberg schaute mich zu meiner Verwunderung gerade-zu begeistert an, Roth zwinkerte mir zu und Zeis nickte beinahe unmerklich mit dem Kopf, während sein Mund das erste Lächeln formte welches ich jemals bei ihm sehen konnte. Unten am Aufzug saß Ulrich als würde er auf mich warten. Ich wich ihm nicht aus. Diesmal nicht. Mit dem Mut des Drachentöters starrte ich ihn an. *Er* war es diesmal, der den Blick abwendete.

Und es macht mir nichts mehr aus. Im Gegenteil. Ich konnte noch nicht einmal mehr nachvollziehen, warum es mir jemals etwas ausgemacht hatte.

Kapitel 28

Das war's dann also mit der Zwischen-prüfung. Sie war mit der Note „*sehr gut*" bewertet worden.

Und dennoch: die vier Grundfragen der Philo-sophie waren noch nicht hinreichend beantwortet.

Überhaupt: alle Fragen warfen immer nur noch weitere Fragen für mich auf.

Es würde also wohl noch eine Weile dauern, bis sich aus den Fragmenten meines Wissens etwas halbwegs Sinnvolles zusammensetzen würde. Wenn überhaupt. Vielleicht sollte ich den Prozess einfach umkehren: Zuerst wohl etwas halbwegs Sinnvolles zusammensetzen, um die Fragen dann hinterher zu beantworten.

Wenigstens konnte ich seit einer Woche wieder Musik hören. Und ich konnte an Jakob denken und auch an Carl. Es machte mir weniger aus als sonst. Aber vielleicht war ich auch einfach nur erschöpft.

Auf dem Weg zum schwarzen Brett fiel meine Tasche auf den Boden. Bücher und Stifte verteilten sich auf dem Flur.

Gedankenverloren sammelte ich sie auf, während ich durch die Glastür nach draußen blickte.

Plötzlich riss mich ein heller Pfiff aus meinen Träumen. Ich drehte mich um und sah Jakob. Fast hätte ich ihn nicht erkannter hat sich seine langen Haare abgeschnitten, und stand ruhig mit einem Pappbecher vor dem Schwarzen Brett.

Seine Augen lächelten noch immer. Mir fiel ein, dass es hier war, am schwarzen Brett, wo ich Jakob zum ersten Mal begegnet bin.

„Das worauf es ankommt", hatte er gesagt, *„ist weitaus leichter zu finden als man denkt."*

Ich stellte mich vor ihm auf. *„Worauf kommt es denn an?"*, fragte ich ihn? Die Frage überrascht ihn nicht. Er schien sich auch gerade an unsere erste Begegnung zu erinnern.

„Worauf kommt es für dich an?", fragte er zurück.

Ich musste nicht lange überlegen. Eine Antwort hatte ich noch nicht; aber eine Ahnung.

Wir nahmen uns wie zum Abschied in den Arm und Jakob flüsterte mir etwas ins Ohr.

Seine Stimme und seine Worte füllten mich für einen wunderbaren Moment lang vollkommen aus.

Mir wurde war. Endlich einmal wurde mir warm.

Kapitel 29

Die Wärme war nicht von Dauer. Doch damit würde ohnehin niemand jemals rechnen. Ich denke, dass es darum auch nicht geht.

Die Tage nach der Prüfung musste ich beinahe ständig an Eli denken. An den kleinen Jungen vom jüdischen Friedhof und an meinen Bruder. Ich dachte an meine Großmutter Elsa. Und an Carl.

Mit einem Mal stach etwas in mein Herz.

Ich träumte von ihnen allen. Beinahe in jeder Nacht.

Ich dachte an die Sache mit dem Werkzeug und dem Werk und ich fragte mich, was mir das sagen wollte. Sollte ich etwas ganz Mutiges machen? Etwas, das mit Eli zusammenhing?

Vielleicht auch mit Elsa, die nach Israel gegangen war, oder mit Carl? War das zu weit hergeholt? Die Zweifel holten mich ein.

Bemühte ich das Schicksal, um mich nicht meines eigenen Verstandes bedienen zu müssen?

Ich konnte es nicht mit Sicherheit sagen.

Sicher war nur, dass ich nach wie vor nach meinem Weg im Leben suchte.

Manchmal tauchte Alev innerlich vor mir auf und Jakob und dann wusste ich nicht, wer mich denn noch brauchen würde.

Wer seinen Weg denn mit mir gehen wollte.

Alev, die mir versichert hatte, dass da nichts sei mit Jakob, ja sie war schön und fröhlich und angenehm.

Sicherlich würde sie keine Probleme damit haben viele Weggefährten zu finden.

In ihr war mehr Glück, mehr Harmonie. Und doch war ich nicht mehr ganz so weit von eben diesen Gefühlen weg wie ich es noch zu Beginn meines Studiums gewesen war. Das immerhin. Und schließlich zählte das auch. Selbst wenn ich nicht wusste, was ich nun, nach der Prüfung, mit meinem Leben anfangen sollte.

In den Nächten nach der Prüfung hatte ich einen wiederkehrenden Traum. Carl nannte mir in dem Traum seinen Geburtsort. Ich hatte ihn schon einmal gehört. Es war der Ort, in dem auch meine Urgroßeltern gelebt hatten.

Als der Name des Ortes fiel traf mich das also, und es traf mich unvorbereitet. Ein hohles Echo im Kopf. Was für ein absurder Zufall, wenn man an Zufälle glauben mag.

Andererseits: so weit war dieser Ort nun auch wieder nicht von der Universität entfernt. Es war nicht unwahrscheinlich, dass jemand aus dieser Ecke kam, sich für eben diese Universität entschieden hätte. Dennoch.

Von all den Menschen war gerade er mein Freund, mein Vertrauter geworden. Ein wenig unheimlich durfte einem dies zumindest sein. Lange zögerte ich ob ich ihm die Geschichte vom Feiertagsgeschirr meiner Großeltern erzählen sollte. Nachdem ich es schließlich getan hatte bereute ich es bereits wieder, Sein geradezu gehetzter Gesichtsausdruck warf seine Gefühle wie ein Spiegelbild auf mich zurück und lies ein Unbehagen in mir zurück dessen ich mich nicht mehr zu entledigen wusste. Damit sah ich mich nichtallein, denn auch Carl, so als sei ihm mit einem Mal etwas Entsetzliches eingefallen, änderte die Art mit der er mich noch kurz zuvor angesehen hatte. Fast kam es mir so vor als würde er meinem Blick ausweichen – das tat er nicht, doch schien es mir ganz eindeutig damit zu-sammenhängen dass er sich schlichtweg dazu zwang mich weiterhin anzustarren. Ein Verdacht erwuchs in mir und breitete sich zu einer furchtbaren Gewissheit aus, die ich jedoch nicht zu beweisen imstande war. Kannte er sie etwa, die Familie die das Geschirr meiner Ur- Großeltern bewahrt hatte? Oder kannte er die Familien-mitglieder die für die Denunziation meiner Großeltern verant-wortlich gewesen war? Konnte es möglich sein das es sich am Ende gar um seine eigene Familie handelte? Und hier war sie wieder. Die Stille. Die Unmöglichkeit über all dies zu sprechen. Die Stille, die uns einander entzweite. Später habe ich, immer noch träumend, erfahren, dass er, kurz bevor er damals in die Klinik gewiesen wurde die Glasfront eines Familienhauses zerstört hatte. Er hatte die Gläser aber nicht mit Steinen zum Zerbersten gebracht, sondern mit einer Kaffeekanne, einer Teekanne sowie mit Unmengen von Tellern, Untertellern und Tassen, die er mit einer solchen Wucht gegen die Front-scheiben geworfen hatte, dass die Scherben sich meterweit in den Raum hineinbewegt hatten wie die feindliche Armee auf einem wütenden Eroberungsschlag. Es war nicht nötig das zu fragen. Ich wusste schon, wessen Geschirr es gewesen war – und wessen Fensterscheiben. Ich war mir nicht sicher ob es mir lieber geblieben wäre, wenn ich das Geschirr meiner Großeltern gänzlich unversehrt, gleich einer Trophäe eines Tages mit in die Schweiz hätte bringen können. Doch dann dachte ich mir, un im Traum dachte ich klarer als sonst, dass ohnehin nichts heil war, gar nichts, und dass Carls Versuch dies der Welt, oder zumindest seiner Stadt, zu zeigen gelungen war. Dieser Familie zu zeigen, ein ehrlicher, radikaler Schritt war. Als die Polizei eintraf um ihn abzuholen wehrte er sich nicht. Alles andere hätte mich auch gewundert. Er wäre ohnehin in eine Klinik gekommen, doch krank, in dem Sinn in dem man ihm das anhängen wollte, war er nicht. Ich glaube, dass ihn etwas in die Verzweiflung getrieben hatte. Etwas, das noch gesund und lebendig in ihm war. Stumpfe, und somit wahrhaft kranke Menschen in die Ver-zweiflung zu treiben dürfte fast unmöglich sein. Daher sind Krankheit und Verzweiflung für mich auch eher reine Ausschlusskriterien denn geistige Verbündete. Mein toter, wütender, trauriger Carl, zerbrochenes Porzellan, Eli…die Träume, sie waren so lebhaft, dass es kaum noch eine Nacht gab an dem ich meine Decke nicht morgens *vor*, statt auf dem Bett vorgefunden hätte. Nur mich selbst, so wie in dem alten jüdischen Witz, konnte ich an Morgenden niemals finden. Dann änderten sich die Träume. Carl wurde blasser, doch Elsa, meine Großmutter gewann nun an Farbe und Intensität. Sie sprach mit mir über

Eli und über kunsthistorische Theorien die ich nicht verstand. Doch darauf kam es nun auch nicht mehr an. Etwas mehr oder weniger das ich nicht verstand. Mit der Zeit lernt man wohl, damit großzügiger umzugehen. Zumindest ab und zu.

Kapitel 30

Einen Monat nach meiner Prüfung, während meine Gedanken noch bei Eli, meiner Großmutter Elsa, bei meinen Träumen und bei Carl waren und ich gleichzeitig schon Stellenangebote las und nicht wusste, ob ich das Angebot von Roth, weiter an der Uni zu bleiben und bei ihm zu promovieren, passierte etwas mit mir.

Mein Herz, ich wusste, es war mein Herz mit dem etwas nicht stimmte.

Oder zumindest befürchtete ich es wohl ganz tief in mir.

Denn ich träumte einen anderen langen Traum. Einen realen Traum. Es war der Traum von meinem Herz. Es hörte auf zu schlagen. Einfach so. Für einen kleinen Moment. Auf der Straße fand ich mich wieder, über mich waren Menschen gebeugt. Aufgeregt, gestikulierend, einige ganz ruhig. Ich sah sie nur, doch ich konnte sie nicht hören. Es war ehrlich gesagt einfach nur gespenstisch.

Ein Sanitätswagen war auch dort, und ein Notarzt. Ich konnte die Nervosität der anderen spüren, meine eigene auch.

Niemals hätte ich mit so etwas gerechnet. Auf so etwas kommt man nicht wenn man gerade erst die Zwischenprüfung seines Studiums be-standen hat.

Nicht einmal dann, wenn man nach verloren gegangenen Herzen sucht, die in der Chinesischen Philosophie etwas anderes bedeuten. Denn so kann man es wohl erst recht nicht finden.

Ich sah an die Decke des Krankenwagens und befürchtete zu sterben. Doch ich starb nicht. Man war trotzdem sehr freundlich zu mir und ich bekam ein Zimmer mit dem Blick auf einen großen Baum. Ich weiß nicht warum, aber der Baum beruhigte mich. Er war einfach da, und von dem Augenblick an war es mein Baum.

Im Krankenhaus sah ich aus dem Fenster zu meinem Baum hin und ich dachte nach. Lang saß ich so auf meinem Bett am Fenster. Dann schrieb ich Briefe. Nur im Krankenhaus hat man für so etwas

Zeit. Sogar an Elsa schrieb ich, an meinen Vater, an Carl und auch an Eli.

Zwischendrin wurde ich untersucht. Es war nicht klar worunter ich litt. Würde ich bald nicht mehr da sein- sollte *das* hier mein Weg sein? Oder vielmehr: sollte das bereits mein Weg gewesen sein? Ich nahm mir vor, ihn aufrecht zu gehen und koste es allen verdammten Drachenmut der Welt. Plötzlich kam es mir lächerlich vor, dass ich mich zeitlebens unglücklich gefühlt hatte.

Was für eine Verschwendung, dachte ich noch. Und doch wusste ich, ich wusste es tief in mir, dass meine Trauer keine Verschwendung gewesen war.

Um Menschen zu trauern oder um Menschlichkeit ist niemals eine Verschwendung.

Kapitel 31

Der junge Arzt, der meine Entlassungspapiere unterschrieb, sagte etwas von einer Angststörung. Das klang banal. Irgendwie fehlte dem Begriff jede Poesie.

Doch andererseits war das nicht wichtig. Wieder einmal wurde mir ein Psychologe empfohlen.

Doch ich dachte mir, dass ich zuerst würde herausfinden müssen, was der hebräische Begriff für Baum sein könnte.

In der Bibliothek fand ich die Antwort. Ich fand sogar noch den Begriff für Stein, was mich auf eine Idee brachte.

Mit dem Rad fuhr ich an den See. Ich wollte mit der Frau vom Friedhof dort, an der Seestraße, Steine aufschichten.

Mit Daniela. Sie musste einfach so heißen.

Etwas sagte mir, dass sie heute da sein würde. Schon von weitem winkte sie mir zu. Da fühlte ich, dass ich nirgendwo sonst sein wollte.

Ich mochte Danielas Augen. Sie hatten die klare Nachdenklichkeit des Sees.

Mit einer leichten Drehung ihres Kopfes und einem fast unmerklichen, fragenden Lächeln winkte sie mich vorsichtig zu sich herüber.

Auf der anderen Seeseite konnte man die Schweiz sehen.

Lange schichten wir an diesem Tag die Steine. Viele Menschen blieben stehen und sahen uns zu. Sie sahen ernst aus, so als wüssten sie, dass wir sie aufschichten würden, die Steine. So lange, bis wir sechs Millionen und mehr berührt hätten mit allem, das uns etwas bedeutete.

Auch Jakob war unter ihnen. Wenigstens für eine Weile. Ich war davon überzeugt, dass sie alle gerade ganz genau hinsahen.

Beinahe glaube ich, dass sie sogar zuhörten.

Und ich war davon überzeugt, dass das Jakob auch aufgefallen war.

Ob die Menschen sahen, was wir taten?

Ob sie begriffen, dass wir die Einheit erhielten, die Einheit in uns selbst? *„Was im innersten miteinander verwandt ist, das sucht einander"* dachte ich als ich sie ansah.

Nichts konnte an diesem Tag die Einheit mit mir selbst und mit all den Menschen um mich herum zerreißen. Nichts hätte in diesen Stunden unsere aufgeschichteten Steine zerstören können. Keine Macht hätte jemals so stark sein können und niemand hätte uns in diesen Momenten daran gehindert, sie immer wieder von neuem aufzuschichten. Das sah ich nicht nur in Danielas Augen.

Ich fühlte den Mut des Drachentöters bis in die frühen Abendstunden in mir.

Und als die Sterne schließlich erschienen begriff ich, dass ich erst ganz am Anfang stand, und dass es ein Muster gab, welches uns eben dadurch zusammenhielt. Durch all unsere Anfänge. Was wir hier taten war eine Übung.

Eine besondere Übung zur Entwicklung unserer Gedanken und unserer Trotzmacht. Unserer Trotzmacht des Geistes.

Denn wir schichteten nicht nur Steine auf. In erster Linie schichteten wir unsere Gedanken auf.

Diese Trotzmacht würde nicht zulassen, dass sich der Himmel wieder verdunkeln würde.

Mit dieser Gewissheit ging ich an diesem Tag nachhause. Carl kam mir in den Sinn und ich dachte, dass es verwunderlich war, dass man die Einheit in der Schwere der Steine ebenso spüren konnte wie in der Leichtigkeit, die da war als ich luzide geträumt hatte. Gerade jetzt musste ich an ihn denken, und an den vermeintlichen Gegensatz von Schwere und Leichtigkeit, der doch eigentlich gar keinen wirklichen Sinn zu geben schien, und den Carl nicht hatte verwirklichen können. Das, was ihn auf der Erde hätte halten können, die Steine, das hatte gefehlt.

Dann erinnerte ich mich an ein Buch, das mein Vater mir geschenkt hatte.

Es ging um den Ursprung von allem und Derwische kamen darin vor.

Sufi-Mönche, die sich so schnell um sich selbst drehten, dass sie auch schon die Körper verlassen konnten auf eine Art.

Die sich drehten anstatt zu beten – wobei diese Form der Bewegung bereits das Gebet an und für sich war. Denn immerhin zeigte es wie sehr alles letztlich zusammengehört, wie sehr am Ende alles miteinander verbunden ist wenn schließlich auch das Trennende überwunden werden konnte.

Das Trennende, das nicht einmal das Gleichgewicht der Gegensätze in sich zu tragen bereit ist, und dass dadurch eben dieses Trennende es war das sich daher am Ende selbst aufheben würde.

Ja, es würde sich am Ende selbst aufheben.

Und nochmals dachte ich an diesem Tag, dass sich nun nichts mehr so schnell verdunkeln würde.

Natürlich hatte ich mich geirrt.

Der Himmel verdunkelte sich schneller als ich ihm ernsthaft hätte dabei zusehen können.

Er verdunkelte sich nicht nur weil Nacht geworden war.

Vielmehr verdunkelte er sich weil ein Gewitter aufzog.

Es ein normales Gewitter zu nennen wäre schon beinahe beleidigend gewesen. Es gewitterte nicht nur.

Es schüttete und schüttete mit apokalyptischer Wucht, gerade so als habe der Himmel entschieden sämtliches Wasser loszuwerden und zwar auf diese Stadt am See.

Morgens schon war es in den Nachrichten zu hören, und dann zu jeder weiteren Stunde.

Ich wusste nicht warum, doch jetzt wollte ich mir darüber einfach keine Sorgen machen. Stattdessen tanzte ich.

So tanzte ich den Tanz der Derwische indem ich mich einfach nur drehte und drehte bis ich mein Herz nicht mehr hörte und alles leicht wurde.

Ganz unbeschreiblich leicht.

Während ich tanzte regnete es noch immer.

Kapitel 32

Der See war, merkwürdigerweise fast ohne jegliche Vorwarnung, über die Ufer getreten. Das Ausmaß war noch nicht klar, doch ich war mir recht sicher, dass unser Kunstwerk, unsere so sorgsam aufgeschichteten Steine schwer in Mitleidenschaft gezogen worden waren.

Anders konnte es kaum sein. Vormittags musste ich noch einmal zu einer Untersuchung.

Und so fuhr ich am frühen Nachmittag an die Stelle um mir alles anzusehen.

Die Drachentöterin war bereits da. Bedrohlich nah hatte sich das Wasser unserem Steingebilde bereits genähert.

Die Drachentöterin hatte damit begonnen mit größeren Steinen darum herum eine Art Wall zu errichten. Unermüdlich wirkte sie, so wie immer.

Zwei junge Männer und eine ältere Frau halfen ihr dabei.

Ich machte mich daran ebenfalls zu helfen, doch Hoffnung hatte ich kaum.

Da war einfach zu viel Wasser und es hatte erneut

begonnen zu nieseln, was häufig ein Anzeichen dafür war, dass ein kräftigerer Regen auch noch zu erwarten war. Umso erstaunter war ich, dass sich trotz des Regens viele Zuschauer eingefunden hatten.

Zuschauer, die uns gestern bereits zugesehen hatten, als es noch sonnig war und trocken.

Sie standen da und bildeten einen Halbkreis um uns, während wir damit beschäftigt waren den Wall aufzuschichten.

Plötzlich löste sich einer der Zuschauer aus der Reihe und begann uns zu helfen. Und andere begannen, es ihm nachzutun.

Sie sprachen über das, was sie taten als sie die Gedanken, ebenso wie die Steine, immer höher aufschichteten.

So, dass sie nicht mehr zu übersehen waren.

Auch nicht von dem Wasser.

Und sie wussten, was wir da taten.

Am Tag danach hatte sich das Wasser leicht zurückgezogen und die Sonne beschien unsere Steinskulptur und den Wall aus Steinen gerade so, als sei das nie anders gewesen. Könnte es doch nur immer so sein.

Wieder waren die Zuschauer der letzten Tage vor Ort. Jakob war einer von ihnen.

Er war auch der erste, der seinen Namen mit seiner Staßenkreide auf einen der Steine schrieb.

Und als ich Jakobs Stein sah, da wusste ich, dass er verstanden hatte, worauf ich hinauswollte.

Da war sie, seine Signatur.

Er stellte seine Schachtel mit den Kreiden, die er meistens bei sich trug, offen auf den Boden. Nun konnte sich jeder eine herausnehmen.

Nach ihm schrieben sie fast alle ihre Namen auf die Steine, in allen Farben, die sich dort in Jakobs Kreideschachtel befanden und sie schichteten die Steine gemeinsam mit uns auf.

Nun sprachen sie nicht mehr. Dennoch war da nichts, das still war.

Von der Stelle des Wassers aus konnte ich hinüber zur Schweiz sehen und ich fragte mich, ob mein Vater nicht gern das Manuskript lesen würde. Das Manuskript von Jakobs Großvater, das mit einem ganz besonderen Zitat begann. Einem Zitat in welchem er sich eindeutig als Kenner und Bewunderer der chinesischen Philosophie auswies.

In gewissem Sinn. Würde er es lesen wollen?

„*Ich glaube schon*", sagte ich zu mir selbst.

Aber erst einmal wollte ich es selbst lesen.

Es gab so vieles, was ich plötzlich tun wollte. Vorbei die Zeit, in der ich nicht so recht gewusst hatte, was ich denn mit meinem Leben anfangen könnte.

Ich dachte mir, dass es nicht das Eine, das „Große" sein würde, sondern die vielen Dinge, die ich noch zu tun gedachte. Falls mir die Zeit blieb, und das hoffte ich. All diese kleinen Dinge, auch sie würden einmal so etwas wie mein Leben werden.

Etwas, auf das ich, hoffentlich, eines Tages würde zurückblicken können.

Mit was wollte ich anfangen? Mit dem Lesen des Manuskripts? Mit einem Tag am Strand? Oder mit einem Tanz?

Schließlich fragte ich Daniela, ob sie den Tanz der Derwische eigentlich kannte.

Sie nickte und sah mich an. „Natürlich kenne ich den." Sie lachte als verwunderte sie diese Frage.

Da wusste ich plötzlich, dass ich in Zukunft nicht mehr alleine tanzen würde.

Kapitel 33

In dieser Nacht träumte ich von Jakob. Von unserer ersten Begegnung an der Uni. Und von unserer letzten, auch am schwarzen Brett.

In meinem Traum ging ich bei Roth vorbei. Warum weiß ich auch nicht.

Er wirkte zerstreut und wollte wissen, ob ich bei ihm promovieren möchte. Wieso fragt er mich?

Ist dies sein letztes Aufbäumen vor der anstehenden Emeritierung?

Ich schüttle den Kopf und gebe ihm zum Abschied die Hand.

Immerhin hat man mir in der Schweiz beigebracht höflich zu sein.

Auf dem Weg zum schwarzen Brett fällt meine Tasche auf den Boden, während ich versuche, linkshändig einen Apfel zu essen.

Bücher und Stifte verteilen sich auf dem Flur.

Gedankenverloren sammle ich sie auf, während ich durch die Glastür nach draußen blicke.

Die ersten Blätter sind dieses Jahr schon früh von den Bäumen gefallen.

Ich roch und atmete die Erde beinahe durch die Wände hindurch, der Apfel rollte auf den Boden und eine übermütige Vorfreude auf den Herbst stieg in mir auf.

Plötzlich riss mich ein heller Pfiff aus meinen Träumen.

Ich drehe mich um und sah Jakob. Fast hätte ich ihn nicht erkannt.

Er hat sich seine Haare abgeschnitten und stand ruhig mit einem Pappbecher vor dem Schwarzen Brett.

Seine dunklen Augen lächeln mich an und sagen mir, dass er immer auf mich warten wird wie der Brahmane in der Hindu Legende. Mein Herz, ich konnte es spüren, es machte einen kleinen Sprung nach oben, ich konnte nicht anders als zu lachen.

Wir nahmen uns in den Arm und Jakob verschüttete seinen Kaffee.

Zum Glück war er nicht mehr heiß, sondern nur noch warm. Angenehm warm.

Das I Ging an diesem Tag war zum ersten Mal ein gutes: Die Mehrung.

Ich hoffe, es ist im übertragenen Sinne gemeint.

Epilog

Ich danke allen Drachentötern und jenen, die die Kunst des Drachentötens noch erlernen.

Vor allem aber danke ich Daniela.

Sie war die erste Drachentöterin der ich an den Ufern des Sees begegnete.

Sie erzählte mir von dem großen Muster welches uns alle zusammenhält – auch wenn sich die Zeiten ändern und die Namen.

Es hält uns und wenn wir darin bleiben werden wir nicht mehr der Verdammnis der Wiederholung anheimfallen.

Ich bin wieder in die Schweiz gefahren. Doch nur für eine Weile. Ich weiß, dass ich zurückkommen werde.

Zurück zu Charly, den ich auf dem Friedhof besuche, zurück zu Daniela, mit der ich tanzen möchte, zurück zu Jakob. Zurück in meine geliebte Bibliothek, zurück zu dem Baum vor meinem Zimmer im Krankenhaus.

Ich möchte zurück. Zum ersten Mal in meinem Leben. Es gibt einen Ort, der mir das nun wert ist. Menschen, Erlebnisse, Erinnerungen - und auch einen Ort.

Ich möchte zurück.

Zurück nach Konstanz. Es liegt an der Grenze zur Schweiz, und man hat das schöne Gefühl am Rand zu sein, dort, wo etwas zugleich aufhören und anfangen kann. Wo man zugleich zurückkehren und weggehen kann.

Konstanz ist durch seine natürliche Grenze, den Bodensee, eine übersichtliche Stadt.

Im schlimmsten Falle landet man einfach nur in der Schweiz.

Von der Schweizer Seite aus gesehen landet man also im schlimmsten Fall in Deutschland. Etwas,, das mir nun keine Angst mehr bereitet.